Gustave Aimard

Die Genzstreifer

Gustave Aimard

Die Genzstreifer

ISBN/EAN: 9783744606684

Hergestellt in Europa, USA, Kanada, Australien, Japan

Cover: Foto ©Andreas Hilbeck / pixelio.de

Weitere Bücher finden Sie auf **www.hansebooks.com**

Die Grenzstreifer.

Von

Gustav Aimard.

Deutsch

von

W. E. Drugulin.

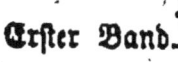

Erster Band.

Leipzig, 1861.
Verlag von Christian Ernst Kollmann.

Erstes Kapitel.

Der Flüchtling.

Die ungeheuren Urwälder, welche den Boden Nordamerika's bedecken, verschwinden unter der emsigen Axt der amerikanischen Squatter und Pioniere immer mehr, welche mit unersättlicher Habgier die Grenzen der Wildniß immer weiter nach Westen zurückdrängen.

Blühende Städte, sorgfältig bebaute Felder, bedecken jetzt die Strecke, auf welcher vor kaum zehn Jahren undurchdringliche Wälder grünten, durch deren dichtes Blätterdach die Sonnenstrahlen nur unvollkommen dringen konnten, und in deren unerforschten Tiefe Thiere aller Gattungen hausten, und wandernde Indianerstämme eine Zuflucht fanden, bei deren kriegerischen Zügen der erhabene grüne Dom vom Kriegsgeschrei widerhallte.

Die Wälder sind jetzt gefallen, ihre finsteren Bewohner durch die fortschreitende Civilisation, welche sie ohne Unterlaß verfolgt verdrängt, haben sich geflüchtet, nachdem sie die Gebeine ihrer Väter mit sich genommen,

um sie vor der Entheiligung der unbarmherzigen Pflug=
schaar der Weißen zu schützen, welche über ihr früheres
Jagdgebiet ihre fruchtbaren Furchen zieht.

Ist die fortwährende Abholzung des amerikanischen
Festlandes ein Uebel? Nein, sicher nicht, im Gegen=
theil hat der Fortschritt der den Boden der neuen Welt
mit Riesengewalt in weniger als einem Jahrhundert
umgewandelt haben wird, unseren vollen Beifall; doch
können wir nicht umhin, ein schmerzliches Mitleiden
mit jener ungewöhnlichen Menschenrace zu empfinden,
welche rücksichtslos für vogelfrei erklärt, von allen
Seiten gehetzt wird, und deren Zahl unwiderbringlich
dazu verdammt ist, immer mehr zusammen zu schmelzen,
bis sie von dem Boden, welchen sie vor kaum vier=
hundert Jahren ihr Eigen nannte, vollständig ver=
schwunden sein wird.

Wenn das Volk, welche Gott dazu ausersehen
hat, die eben erwähnten Umwälzungen zu bewirken,
seinen Beruf richtig aufgefaßt hätte, so würde statt des
Blutvergießens und Mordens vielleicht Frieden und
Einigkeit herrschen, und wenn sie, statt nach den Rifles,
Fackeln und Säbeln zu greifen, keine andere Waffen
gebraucht hätten, als die göttlichen Lehren des Evan=
geliums, würde in einer bestimmten Zeit eine Ver=
schmelzung der weißen und rothen Menschenrace erfolgen,
und ein Resultat erzielt worden sein, welches den Fort=
schritt, die Civilisation, und besonders jene große Brüder=
schaft der Völker, welche Niemand das Recht hat, zu

verachten, und worüber alle diejenigen, welche die göttlichen Gesetze derselben mit Füßen treten, einst furchtbar zur Rechenschaft gezogen werden sollen, wirksamer gefördert hätte.

Niemand darf sich straflos zum Mörder einer ganzen Menschenrace aufwerfen, Niemand vorsätzlich unschuldiges Blut vergießen, ohne daß es einst um Rache schreie, und der Tag der Vergeltung nicht plötzlich sein Schwert auf die zwischen den Siegern und Besiegten schwebende Waagschale werfe.

Zu der Zeit, wo unsere Erzählung beginnt, nämlich gegen Ende des Jahres 1812, hatte die Auswanderung noch nicht jene ungeheure Entwickelung gewonnen, zu welcher sie bald gelangen sollte, sondern dieselbe fing gewissermaßen erst an, und die unermeßlichen Waldungen, welche sich über das, zwischen den Grenzen der vereinigten Staaten und Mexico's befindliche Gebiet erstreckten und es bedeckten, wurden nur von den flüchtigen Schritten der Händler und Waldläufer oder den geräuschlosen Mocassins der Rothhäute durchmessen.

Unsere Erzählung beginnt inmitten eines jener ungeheueren Wälder, den 27. October 1812, gegen drei Uhr Nachmittags.

Unter den Bäumen hatte eine erstickende Hitze geherrscht, jetzt aber verlängerten sich die Schatten derselben riesenhaft, unter dem immer tiefer sinkenden Strahl der Sonne, der Abendwind erhob sich, und erfrischte die Luft während er zugleich die Schwärme der Mosquito's verjagte, welche sich während des ganzen Vormittages summend über den sumpfigen Waldwiesen getummelt hatten.

Wir befinden uns am Ufer eines unbekannten Nebenflusses des Arkansas, die zu beiden Seiten des Wassers stehenden Bäume neigten sich gegeneinander und bildeten über dem vom leisen Winde nur wenig bewegten Wasserspiegel ein dichtes grünes Dach; hier und da wiegten sich röthliche Flamingo's und weiße Reiher auf ihren langen Beinen, und hielten mit jener gleichmüthigen Behaglichkeit, welche im Allgemeinen den hochbeinigen Wasservögeln eigen ist, ihren täglichen Fischfang, plötzlich aber hielten sie inne, streckten den Hals, als wollten sie auf irgend einen ungewöhnlichen Laut lauschen, worauf sie plötzlich anfingen, gegen den Wind zu laufen, und mit Angstgeschrei davonflogen.

Plötzlich knallte ein Schuß, und hallte im Walde wieder, zwei Flamingo's stürzten zu Boden.

Eine leichte Pirogue bog jetzt um einen kleinen, mit Ahornbäumen bewachsenen Vorsprung, der sich weit in das Wasser erstreckte, und verfolgte die beiden Flamingo's, welche in's Wasser gefallen waren, der eine war todt, und wurde von der Strömung fortgetragen, der andere, welcher wie es schien, nur leicht verwundet war, floh mit der größten Schnelligkeit, und ruderte kräftig fort.

Das Fahrzeug, welches wir erwähnt haben, war eine indianische Pirogue, welche aus Buchenrinde, die vermittelst heißen Wassers gelöst wird, zusammen gesetzt war.

Ein einziger Mann befand sich in dem Kahne, sein, im Vordertheil liegender Rifle rauchte noch, und verrieth, daß er geschossen habe.

Wir wollen jenen Mann, der bestimmt ist, in unserer Erzählung eine bedeutende Rolle zu spielen, näher schildern.

So viel sich aus seiner gebückten Stellung schließen ließ, war es ein sehr hochgewachsener Mann, dessen verhältnißmäßig kleiner Kopf sich auf einem kräftigen Halse bewegte, dessen ungewöhnlich breite Schultern und straffen stählernen Muskeln, welche bei jeder Armbewegung stark hervortraten, eine auf das Aeußerste entwickelte Kraft verriethen.

Sein offenes, ehrliches Gesicht, in welchem ein Paar große, blaue, intelligente Augen leuchteten, nahm auf den ersten Blick für ihn ein, und seine regelmäßigen Züge sowie der große, von einem gutmüthigen Lächeln umspielte Mund trugen dazu bei, den günstigen Eindruck zu erhöhen. Er mochte dreiundzwanzig, höchstens vierundzwanzig Jahr alt sein, obwohl ihn seine wettergebräunte Haut und der dichte, aschblonde Bart, der den unteren Theil seines Gesichtes bedeckte, älter erscheinen ließen.

Der Mann trug die Kleidung der Waldläufer, eine Mütze von Biberfell, mit langem, auf seinen Nacken herunterfallendem Biberschwanz, vermochte die langen

Locken seines goldenen Haares, das bis auf seine Schultern reichte, nur theilweise zu umspannen, ein Jagdhemd von blauem Baumwollenstoff, welches durch einen hirschledernen Gürtel um die Hüften befestigt war, reichte fast bis auf seine nervigen Knie, seine Beine waren mit Mitassen einer Art engen Beinkleider bedeckt, und ein Paar indianische Mocassins schützten seine Füße gegen die Dornen, und den Biß der Schlangen.

Eine Jagdtasche von gegerbtem Leder trug er über der Schulter, und er war wie alle kecken Pioniere der Urwälder mit einer guten Kentucky-Rifle, einem Messer, dessen gerade Klinge zehn Zoll lang und zwei Zoll breit war, und einer kleinen eisernen, spiegelhell glänzenden Axt bewaffnet. Jene Waffen, den Rifle natürlich ausgenommen, trug er in seinem Gürtel, an welchem auch zwei mit Kugeln und Pulver gefüllte Bisamhörner herabhingen.

Jener Mann bot in der geschilderten Kleidung, wie er auf seiner Pirogue durch die erhabene Landschaft ruderte, einen zugleich imposanten und ergreifenden Anblick.

Der Waldläufer im eigentlichen Sinne des Wortes ist eine der vielen Schöpfungen der neuen Welt, welche vor dem unaufhaltsamen Fortschritte der Civilisation ganz verschwinden werden.

Die Waldläufer, jene kecken Erforscher der Wildniß, in welcher sie ihr ganzes Leben zubrachten, waren Menschen, welche vom Geiste der Unabhängigkeit, und einem heißen Durste nach Freiheit getrieben, die schweren Fesseln abstreiften, mit welcher die Gesellschaft die Glieder derselben knechtet, und welche in keiner anderen Absicht, und von keinem anderen Willen beherrscht als dem ihrigen, zu leben und zu sterben, keineswegs aber in der Hoffnung, auf irgend einen Gewinn, den sie verachteten, die Städte verließen, und sich entschlossen in die Urwälder warfen. Sie lebten nur im Augenblicke, sorgten nicht für den kommenden Tag, weil sie überzeugt waren, daß ihnen im Augenblick der Noth der Beistand Gottes nicht fehlen werde, und stellten sich auf solche Weise außerhalb des Bereiches des Gesetzes, welches sie mißachteten, und auf die äußerste Scheidelinie, welche die Barbarei von der Civilisation trennt.

Die Mehrzahl der berühmtesten Waldläufer waren Canadier, in der That liegt im Charakter des Normanen etwas waghalsiges und unternehmendes, was für eine solche Lebensweise wohl geeignet ist, welche erschütternde Erlebnisse und köstliche Genüsse bietet, die nur diejenigen begreifen können, welche sich derselben lange ergeben haben.

Die Canadier haben im Grunde den Wechsel der Nationalität niemals anerkannt, welchen die Engländer versucht haben, ihnen aufzuzwingen, sie haben sich stets als Franzosen betrachtet, und ihre Blicke sind immer auf jenes undankbare Mutterland gerichtet geblieben, welches sie so grausam und gleichgültig verleugnet hat.

Noch heute sind die Canadier nach so langen

Jahren Franzofen geblieben, ihre Verschmelzung mit den Angelsachsen besteht nur scheinbar, und der geringste Vorwand würde genügen, um eine Trennung zwischen ihnen und den Engländern herbeizuführen.

Die englische Regierung weiß es sehr gut, sie übt auch daher gegen die canadischen Colonien eine Nachsicht, welche sie sich wohl hüten würde, in den übrigen Staaten an den Tag zu legen.

In der ersten Zeit nach der Eroberung des Landes war jene Abneigung (wir wagen nicht sie mit Haß zu bezeichnen) zwischen beiden Völkern dermaßen ausgesprochen, daß die Canadier vorzogen lieber massenweise auszuwandern, als das entehrende Joch zu tragen, was man ihnen auferlegen wollte. Diejenigen, welche zu arm waren, um ihr Vaterland zu verlassen, sahen sich gezwungen, ferner in dem Lande zu leben, welches durch die Fremdherrschaft entwürdigt war, und wurden Waldläufer, indem sie ein so gefahrvolles und mühevolles Leben der Schmach vorzogen, sich der Herrschaft eines verabscheuten Siegers zu fügen. Sie schüttelten auf der Schwelle des väterlichen Hauses den Staub von ihren Füßen, warfen die Flinte über die Schulter, und entfernten sich mit einem schmerzlichen Seufzer um nie zurückzukehren. Sie drangen entschlossen in die dichten Wälder von Canada, und gründeten, ohne es zu wissen, jene Generation verwegener Forscher, deren bewunderungswürdigsten, leider aber beinahe letzten Vertreter wir dem Leser zu Anfang unserer Erzählung vorgeführt haben.

Der Jäger ruderte kräftig weiter. Bald hatte er den ersten Flamingo erreicht und auf den Boden seiner Pirogue geworfen. Der zweite machte ihm aber mehr zu schaffen, eine Zeitlang entspann sich ein wahrer Wettkampf zwischen dem verwundeten Vogel und dem Jäger. Ersterer wurde jedoch sichtlich matter, seine Bewegungen waren kraftlos, und er schlug mit den Flügeln krampfhaft auf das Wasser ein flacher Schlag mit dem Ruder des Canadiers endete seinen Todeskampf, und bald lag er neben seinem Gefährten auf dem Boden der Pirogue.

Sobald der Jäger sich seines Wildes versichert hatte, ließ er die Ruder ruhen und schickte sich an seinen Rifle mit jener Sorgfalt zu laden, welche diejenigen einem Geschäfte widmen, welche sich bewußt sind, wie häufig ihr Leben von einem Schuß Pulver abhängt.

Nachdem der Canadier seine Waffe in Stand gesetzt hatte, blickte er sich forschend um.

„Wahrhaftig!" sagte er nach einer Weile laut zu sich selbst, was eine Gewohnheit ist, die Menschen, welche ein einsames Leben führen, häufig annehmen, „ich glaube bei Gott, daß ich, ohne es zu wissen an den Ort der Zusammenkunft gelangt bin. Nein ich irre mich nicht da drüben liegen die beiden Steineichen kreuzweise übereinander, unweit jenes Felsens, der über das Wasser hängt. Aber was ist das?" rief er aus, indem er sich bückte und den Hahn seines Gewehres spannte.

Aus der Tiefe des Waldes ließ sich plötzlich lautes Hundegebell vernehmen. Die Aeste des Gebüsches wurden heftig auseinandergebogen, und ein Schwarzer erschien auf der Spitze des Felsens, den der Canadier soeben betrachtete.

Als jener Mann den äußersten Rand des Felsens erreicht hatte, hielt er eine Zeitlang inne, und schien aufmerksam zu lauschen, indem er Zeichen der heftigsten Aufregung an den Tag legte, aber er gönnte sich nur kurze Ruhe, denn nach wenigen Secunden erhob er die Augen und Hände verzweiflungsvoll gen Himmel, stürzte sich in das Wasser und schwamm, kräftig ausstreichend, nach dem jenseitigen Ufer.

Kaum hatte sich das Geräusch, welches der Sturz des Negers im Wasser verursachte, verloren, als mehrere Hunde auf der Plattform erschienen, und ein entsetzliches Geheul erhoben.

Die Hunde waren stark gebaut und ihre herabhängende Zunge, ihre blutunterlaufenen Augen und ihr gesträubtes Haar verrieth, daß sie lange und angestrengt gelaufen waren.

Der Jäger schüttelte wiederholt den Kopf, indem er den unglücklichen Neger mitleidig betrachtete, der mit der Kraft der Verzweiflung schwamm, griff dann nach seinen Rudern, und lenkte seine Pirogue um, in der unverkennbaren Absicht, ihm beizuspringen.

Er hatte kaum einige Ruderschläge gethan, als sich vom Ufer her eine rauhe Stimme vernehmen ließ:

„Hollah! Ho!" schrie die Stimme. Still doch, ihr verwünschten Thiere, still, bei Gott!"

Die Hunde heulten schmerzlich auf, und schwiegen plötzlich.

Hierauf schrie die Stimme, welche die Hunde zum Schweigen gebracht noch lauter:

„He da! Ihr dort! Ruderer! He!"

Eben legte der Canadier am entgegengesetzten Ufer an. Er zog sein Fahrzeug auf den Sand und wandte sich gelassen nach dem Rufer um.

Letzterer war ein untersetzter Mann von mittlerer Größe, der die gewöhnliche Kleidung der wohlhabenden Farmer trug. Sein Gesicht drückten Rohheit und List aus, vier Männer welche seine Diener zu sein schienen umringten ihn. Es versteht sich von selbst, daß alle mit Flinten bewaffnet waren.

Der Fluß war an der Stelle ziemlich breit. Er bildete eine Fläche von ungefähr 40 Metres, was wenigstens vorläufig eine genügende Scheidewand zwischen dem Neger und seinen Verfolgern bildete.

Der Canadier lehnte sich an einen Baum.

„Sprecht Ihr etwa mit mir?" antwortete er in ziemlich verächtlichem Tone.

„Mit wem denn sonst, bei Gott!" antwortete der erste Sprecher zornig, „seid daher so gut, meine Fragen zu beantworten."

„Und warum sollte ich Ihre Fragen beantworten, wenn ich bitten darf?" erwiederte der Canadier gelassen

„Weil ich es Euch befehle, Schlingel, der Ihr seid!" entgegnete jener grob.

Der Jäger zuckte verächtlich mit den Achseln.

„Guten Abend," sagte er gelassen und schickte sich an, sich zu entfernen.

„Bleibt bei Gott!" rief der Amerikaner aus, „sonst schieße ich Euch, so wahr ich John Davis heiße, eine Kugel durch den Kopf!"

Während er diese Drohung aussprach, legte er sein Gewehr an.

„Aha," lachte der Canadier, „Ihr seid also John Davis, der berühmte Sclavenhändler?"

„Ja das bin ich. Was weiter?" fragte jener mürrisch entgegen.

„Verzeiht, Ihr wart mir bisher nur dem Rufe nach bekannt, ich bin auf Ehre sehr erfreut Euch gesehen zu haben."

„Nun jetzt kennt Ihr mich, seid Ihr jetzt geneigt, mir zu antworten?"

„Erst muß ich wissen, was Ihr zu fragen habt, laßt also hören."

„Was ist aus meinem Sclaven geworden?"

„Wen meint Ihr?" Ist es der Mann, welcher sich eben von der Plattform auf welcher Ihr jetzt steht, in's Wasser gestürzt hat?"

„Ja, wo ist er?"

„Hier neben mir."

Der Neger hatte sich in der That, von dem verzweifelten Wettkampf, den er bestanden und der hitzigen Verfolgung deren Gegenstand er gewesen, erschöpft und entmuthig, bis zu der Stelle hingeschleppt, wo der Canadier stand, und lag halb ohnmächtig zu den Füßen desselben.

Als er vernahm, wie unumwunden der Jäger seine Nähe verrieth, blickte er ihn mit thränenden Augen an.

„Ach Herr, Herr!" rief er mit unaussprechlicher Angst aus, „rettet mich! rettet mich!"

„Oho," hohnlachte John Davis, „wir werden einander wohl verstehen lernen, mein Bursche, und Ihr werdet Euch die Prämie nicht ungern verdienen!"

„Es würde mich in der That interessiren, zu erfahren, welche Taxe für das Menschenfleisch in Ihrem sogenannten freien Lande besteht, ist jene Prämie hoch?"

„Zwanzig Dollars für einen Neger!"

„Bah," sagte der Canadier, und verzog verächtlich den Mund, „das ist nicht viel."

„Meint Ihr?"

„Ja, auf Ehre!"

„Ich verlange indessen nur etwas sehr Geringes als Gegendienst für jene Summe."

„Was denn?"

„Bindet den Neger, werft ihn in Eure Pirogue und bringt ihn herüber."

„Sehr wohl, das ist in der That nicht schwer. Gesetzt nun, ich willige darein, Euch denselben auszuliefern, was denkt Ihr denn mit dem armen Teufel anzufangen?"

„Das geht Euch nichts an!"

„Ganz richtig, auch frage ich nur aus reiner Neugierde darnach.

„Nun, entschließt Euch, ich habe keine Zeit leere Redensarten zu führen. Was gebt Ihr mir zur Antwort?"

„Was ich Euch, Meister John Davis, der Ihr die Menschen mit Hunden hetzt, die weniger fühllos als Ihr, indem sie Euch gehorchen nur Ihrem Instincte folgen, zur Antwort gebe? Ich antworte Euch folgendes: Ihr seid ein Nichtswürdiger, und wenn Ihr auf mich rechnet, um Euren Sclaven wieder zu erlangen, so könnt Ihr denselben immerhin als verloren betrachten."

„So steht es also," rief der Amerikaner zähneknirschend aus, wandte sich dann zu seinen Dienern und sagte: „Schießt auf ihn! Feuer!"

Er ließ die That den Worten folgen, legte rasch sein Gewehr an und schoß. Die Diener folgten seinem Beispiele und der Knall der vier Schüsse hallte in den Tiefen des Waldes unheimlich wieder.

Zweites Kapitel.

Quoniam.

Der Canadier hatte, während er sprach, jede Bewegung seiner Gegner beobachtet. Als daher das von John Davis angeordnete Feuer erfolgte, verfehlte es seinen Zweck. Der Jäger hatte sich rasch hinter einen Baum geschmiegt, und die Kugeln pfiffen unschädlich an ihm vorüber.

Der Sclavenhändler war wüthend, als er sich von dem Jäger so überlistet sah. Er stieß die furchtbarsten Drohungen gegen ihn aus, fluchte und stampfte zornig mit dem Fuße. Aber alle Drohungen und Flüche halfen nichts. Wenn er den Fluß nicht durchschwimmen wollte, was einem Manne gegenüber, der so entschlossen zu sein schien, wie der Jäger, unausführbar war, stand ihm kein Mittel zu Gebote, weder sich an ihm zu rächen, noch seinen Sclaven wieder zu erlangen, welchen er so bereitwillig in seinen Schutz genommen hatte.

Während sich der Amerikaner noch vergebens den Kopf zerbrach, um ein Mittel zu ersinnen, welches ihm einen Vortheil über seinen Gegner gewähren könne, pfiff eine Kugel dicht an ihm vorüber und zerschmetterte den Rifle, welchen er in der Hand hielt.

„Verwünschter Hund!" rief er vor Wuth schäumend aus, „willst Du mich ermorden?"

„Ich würde vollkommen berechtigt sein, es zu thun," antwortete der Canadier, „und es wäre mir erlaubte Selbstvertheidigung, da Ihr selbst versucht habt, mich zu tödten. Ich ziehe es aber vor, mich gütlich mit Ihnen zu vergleichen, obwohl ich überzeugt bin, daß ich der Menschheit einen wesentlichen Dienst erweisen würde, wenn ich Ihnen etliche Kugeln in den Schädel jagte."

Im nächsten Augenblicke zerschmetterte eine zweite Kugel die Flinte des Dieners, welche er eben beschäftigt war, neu zu laden.

„Macht jetzt ein Ende!" rief der Amerikaner außer sich aus. „Was wollt Ihr?"

„Ich habe es bereits gesagt, mich gütlich mit Ihnen vergleichen."

„Aber unter welchen Bedingungen, sagt mir wenigstens das!"

„Sogleich."

Der Rifle des zweiten Dieners flog in Stücken wie der des ersten.

Von den fünf Männern waren jetzt drei entwaffnet.

„Verflucht," heulte der Sclavenhändler. „Habt Ihr denn beschlossen, jeden von uns der Reihe nach als Zielscheibe zu wählen.

„Nein, ich will nur die gegenseitigen Kräfte ausgleichen."

„Aber."

„Ich bin gleich fertig."

Die vierte Flinte flog in Stücken.

„Jetzt," fügte der Canadier hervortretend hinzu, „wollen wir plaudern."

Er trat bei diesen Worten dicht an das Ufer des Wassers.

„Ja, wir wollen plaudern, Schurke," rief der Amerikaner aus.

Bei diesen Worten griff er blitzschnell nach dem letzten Rifle, und legte denselben an, ehe er aber losdrücken konnte, rollte er mit einem Schrei des Schmerzes zu Boden.

Die Kugel des Jägers hatte ihm den Arm zerschmettert.

„Wartet auf mich, jetzt komme ich," fuhr der Canadier in demselben spöttischen Tone fort.

„Er versah seinen Rifle mit neuer Ladung, sprang in die Pirogue, und wenige Ruderschläge brachten ihn an das jenseitige Ufer.

„Seht Ihr," sagte er, indem er an's Land stieg, und zu dem Amerikaner trat, der sich heulend und fluchend wie eine Schlange am Boden wand, „ich hatte Euch gewarnt; ich wollte nur die Kräfte ausgleichen und Ihr habt Euch nicht zu beklagen, mein Freund, Ihr habt Euch den Unfall selbst zugezogen."

„Packt ihn! Tödtet ihn!" schrie der Elende von grenzenloser Wuth erfaßt.

„Sachte, sachte, beruhigt Euch. Ich habe Euch ja nur den Arm zerschossen; bedenkt doch, daß ich Euch leicht hätte tödten können, wenn ich gewollt hätte. Was Teufel! Ihr müßt auch Vernunft annehmen, Ihr seid sehr ungeberdig."

„Warte! Ich bringe Dich um!" schrie der Amerikaner zähneknirschend.

„Das glaube ich nicht, wenigstens nicht für jetzt; was später geschieht, dafür stehe ich nicht ein. Aber genug, ich will, während wir plaudern, Eure Wunde untersuchen und verbinden."

„Rühre mich nicht an! Komme mir nicht zu nahe, sonst stehe ich nicht für mich."

Der Canadier zuckte die Achseln.

„Ihr seid von Sinnen," sagte er.

Der Sklavenhändler, der den Zustand der Wehrlosigkeit nicht länger ertragen konnte, vom Blutverluste aber bereits geschwächt war, strengte sich vergebens an, um seinen Feind anzufallen; er stürzte rücklings zu Boden und verlor, mit einer letzten Verwünschung auf den Lippen, die Besinnung.

Die Diener standen betroffen, sowohl über die beispiellose Geschicklichkeit und Keckheit, mit welcher er ihnen nach der Reihe die Flinten aus der Hand geschossen hatte, als über die Verwegenheit, mit welcher er über den Fluß setzte und sich so zu sagen, in ihre

Hände gab, denn obwohl sie keine Flinten mehr hatten, blieben ihnen doch noch ihre Pistolen und Messer.

„Flink, Ihr Herren," sagte der Canadier mit gerunzelter Stirn, „werft die Zündhütchen von Euren Pistolen, sonst giebt es bei Gott einen Tanz!"

Die Diener trugen kein Verlangen, sich auf einen Kampf mit ihm einzulassen, sie empfanden überdieß keine große Theilnahme für ihren Herrn, während ihnen hingegen das entschlossene Auftreten des Canadiers eine Art abergläubischer Furcht einflößte; sie gehorchten daher seiner Weisung ziemlich bereitwillig und erboten sich sogar, ihm ihre Messer zu übergeben.

„Das ist nicht nöthig," sagte er; „jetzt wollen wir dem würdigen Gentleman einen Verband anlegen; es wäre wahrlich schade, wenn die menschliche Gesellschaft ein so würdiges Mitglied verlöre, was derselben zu so besonderer Zierde gereicht."

Mit Hülfe der Diener, welche sich von seinem Wesen so beherrscht fühlten, daß sie seinen Befehlen mit außerordentlicher Schnelligkeit und großem Eifer nachkamen, ging er an's Werk.

Die Waldläufer, welche vermöge ihrer Lebensweise gezwungen sind, jede fremde Hülfe zu entbehren, besitzen Alle die allgemeinsten Begriffe der Heilkunde und besonders der Chirurgie, und sind daher vorkommenden Falles im Stande, einen Bruch, oder irgend eine Wunde ebenso gut zu behandeln, wie irgend ein promovirter Doctor einer Facultät und zwar vermöge sehr einfacher

Mittel, welche von den Indianern im Allgemeinen mit großem Erfolge angewendet werden.

Die Geschicklichkeit und Gewandtheit, mit welcher der Jäger den Verwundeten verband, bewies, daß er nicht nur Wunden beizubringen, sondern dieselben auch zu heilen verstand.

Die Diener beobachteten mit steigender Bewunderung diese neue Fertigkeit des außerordentlichen Mannes, der mit einer Sicherheit und Leichtigkeit der Hand verfuhr, um welche ihn manche Aerzte beneidet haben würden.

Während der Verband angelegt wurde, kam der Verwundete wieder zu sich, schlug die Augen auf, sprach aber nicht. Seine Wuth hatte sich gelegt und der energische Widerstand, den ihm der Canadier entgegengestellt, hatte die rohe Natur gebändigt. Ein unbeschreibliches Behagen trat an die Stelle des anfangs empfundenen, brennenden Schmerzes, was, sobald eine Wunde verbunden ist, gewöhnlich der Fall zu sein pflegt; er war fast gegen seinen Willen dankbar für die Erleichterung die er empfand und sein Haß hatte sich in ein Gefühl verwandelt, über welches er sich zwar selbst nicht recht klar war, was ihn aber vermochte, seinen Feind mit fast wohlwollenden Blicken zu betrachten.

Um uns gegen John Davis so billig zu zeigen, als er es erwarten darf, fügen wir hier die Bemerkung hinzu, daß er weder besser noch schlechter war, als irgend einer seiner Collegen, die gleich ihm mit Menschenfleisch handeln; durch die Gewohnheit die Leiden der Sklaven zu sehen, welche in seinen Augen unvernünftige Geschöpfe, mit einem Worte, nur ein Handelsartikel waren, hatte sich sein Herz gegen sanftere Regungen abgestumpft; er erblickte in einem Neger nur das Geld, was er für denselben bezahlt und das, was er für denselben zu erlangen hoffte, und als ächter Handelsmann legte er großen Werth auf sein Geld; ein Sklave erschien ihm wie ein nichtswürdiger Dieb, gegen welchen jedes Mittel gestattet sei, wodurch er verhindert werden könnte ihm durch Entziehung seiner Person zu schaden.

Der Mann war indessen nicht unzugänglich für jede bessere Regung, und außerhalb der Grenzen seines Handels stand er in einem gewissen Rufe der Rechtschaffenheit und galt für einen Gentleman, d. h. für einen anständigen Mann.

„So, jetzt sind wir fertig," sagte der Canadier mit einem zufriedenen Blicke auf den Verband, „nach drei Wochen wird nichts mehr zu sehen sein, vorausgesetzt, daß Ihr Euch gut pflegt und zwar um so mehr, als durch einen unerhört glücklichen Zufall der Knochen nicht verletzt worden, sondern die Kugel nur durch das Fleisch gedrungen ist. Jetzt, guter Freund, bin ich bereit, mit Euch zu schwatzen, wenn Ihr dazu aufgelegt seid."

„Ich habe Euch nichts Anderes zu sagen, als daß Ihr mir den verwünschten Schwarzen ausliefern sollt, der Schuld an dem ganzen Unheile ist."

„Ja, wenn wir auf solche Weise fortfahren, so fürchte ich sehr, daß wir uns nicht verständigen werden. Ihr wißt ja, daß die Auslieferung Eures Schwarzen, wie Ihr sagt, den ganzen Streit veranlaßt hat."

„Ich kann aber mein Geld nicht einbüßen."

„Wie so, Euer Geld?"

„Nun denn, meinen Sklaven, wenn Ihr wollt; er repräsentirt mir eine Summe, welche ich keineswegs einzubüßen wünsche und zwar um so weniger, als die Geschäfte seit einiger Zeit sehr flau gehen und ich bedeutende Verluste erlitten habe."

„Das ist fatal und ich bedaure Euch aufrichtig; indessen möchte ich die Sache gern auf demselben gütlichen Wege beilegen, den ich bereits eingeschlagen habe," entgegnete der Canadier gutmüthig.

Der Amerikaner verzog das Gesicht.

„Man muß bekennen, daß Eure Art die Geschäfte gütlich beizulegen, eigenthümlich genug ist," sagte er.

„Es ist Eure Schuld, Freund, wenn wir uns nicht gleich verständigt haben, Ihr waret etwas hitzig, gesteht es nur."

„Reden wir nicht mehr davon, was geschehen ist, ist geschehen."

„Ihr habt Recht, kehren wir zu unserem Geschäfte zurück; ich bin leider arm, sonst würde ich Euch etliche hundert Piaster bieten und die Sache wäre abgemacht."

Der Händler kratzte sich den Kopf.

„Hört," sagte er, „ich weiß nicht warum, aber

trotzdem, was zwischen uns vorgefallen, oder vielleicht eben deshalb möchte ich nicht, daß wir uns in Unfrieden trennten, und zwar um so weniger, als mir, offen gestanden, an Quoniam nicht eben viel gelegen ist."

„Wer ist das, Quoniam?"

„Das ist der Neger."

„Ah, ganz Recht, Ihr habt ihm da einen sonderbaren Namen gegeben; aber gleichviel; Ihr sagtet also, daß Euch nicht viel an ihm gelegen wäre?"

„Nein, wahrlich nicht."

„Warum macht Ihr denn mit Hunden und Rifles so hartnäckig Jagd auf ihn?"

„Aus Ehrgeiz."

„So," sagte der Canadier mit unzufriedener Miene.

„Hören Sie mich an, ich bin Sklavenhändler."

„Ein garstiges Gewerbe, nebenbei gesagt," bemerkte der Jäger.

„Mag sein, darüber will ich nicht streiten. Vor einem Monate wurde in Baton-Rouge eine große öffentliche Versteigerung von Sklaven beiderlei Geschlechts angekündigt, die einem reichen Herrn gehört hatten, der plötzlich gestorben war. Ich reiste also nach Baton-Rouge. Unter den Sklaven, welche für die Liebhaber ausgestellt waren, befand sich Quoniam; der Schlingel ist jung, wohlgebaut und kräftig; er sieht unternehmend und intelligent aus, er gefiel mir natürlich auf den ersten Blick und ich wünschte ihn zu kaufen. Ich trat heran und fragte ihn aus; der Schlingel antwortete mir mit einer Keckheit, über welche ich anfangs betroffen war, wörtlich wie folgt:"

"Herr, ich rathe Euch nicht, mich zu kaufen, denn ich habe geschworen, frei zu sein, oder zu sterben, was Ihr auch thun möget, um mich zurückzuhalten, versichere ich Euch im Voraus, daß ich entkommen werde! Jetzt wißt Ihr, woran Ihr seid."

"Eine so bündige und entschlossene Sprache reizte mich. Wir werden sehen, sagte ich und ging zu dem Manne, der mit dem Verkauf beauftragt war. Jener Mann, der mich kannte, suchte mich von dem Vorsatze Quoniam zu kaufen, abzubringen, indem er mir eine Menge Gründe anführte, die sämmtlich trefflich geeignet waren, meinen Entschluß wankend zu machen. Ich hatte mich aber entschieden und blieb dabei. Quoniam wurde mir um den Preis von neunzig Piaster ausgeliefert, was für einen Neger seines Alters und seiner Gestalt fabelhaft billig war; doch wollte ihn Keiner zu irgend einem Preise kaufen. Ich schloß meinen Sklaven in Ketten und brachte ihn nicht zu mir, sondern in's Gefängniß, um sicherer zu sein, daß er mir nicht entgehen würde. Am nächsten Tage war Quoniam, als ich in das Gefängniß trat, verschwunden; er hatte Wort gehalten."

"Nach zwei Tagen hatten wir ihn wieder eingefangen. Aber noch am selben Tage entsprang er abermals, ohne daß es mir möglich gewesen wäre, zu begreifen, auf welche Weise er die Vorsichtsmaßregeln umging, welche ich angewendet hatte, um ihn zurückzuhalten. Was soll ich Ihnen weiter sagen? Das Stück spielt seit einem Monate so fort; vor acht Tagen ist er wieder entsprungen und seit der Zeit stelle ich ihm nach; da ich daran verzweifelte, ihn festhalten zu können, ließ ich mich vom Zorne hinreißen und spürte ihm mit Schweißhunden nach, mit dem festen Entschlusse, dieses Mal koste es was es wolle, dem verwünschten Neger den Garaus zu machen, der sich fortwährend aus meinen Händen windet, wie eine Schlange."

„Das heißt," bemerkte der Canadier, welcher der Erzählung des Händlers mit Interesse gelauscht hatte, „daß Ihr in Eurem Aerger Euch nicht gescheut haben würdet, ihn umzubringen?"

„Freilich nicht, und zwar um so weniger, als der freche Schlingel so verschmitzt ist; er hat mich so lange genarrt, daß er mir schließlich verhaßt geworden ist."

„Hören Sie mich jetzt auch an, Meister John Davis: Ich bin nicht reich, im Gegentheil; was sollte auch ich, der ich in der Wildniß lebe und dem Gott immer das tägliche Brod reichlich spendet, mit Gold und Silber anfangen? Dieser Quoniam, der so sehr nach Luft und Freiheit schmachtet, flößt mir unwillkürlich lebhaftes Interesse ein; ich will mich bemühen, ihm die Freiheit zu verschaffen, nach welcher er so beharrlich trachtet. Ich mache Ihnen folgenden Vorschlag: Ich habe in meiner Pirogue drei Jaguar= und zwölf Biber=felle, welche in irgend einer Stadt der Union hundert=

undfünfzig bis zweihundert Piaster gelten würden; nehmt sie und betrachtet den Handel als abgeschlossen.",

Der Händler blickte ihn verwundert, aber nicht ohne Wohlwollen an.

„Ihr habt Unrecht," sagte er endlich; „der Handel, welchen Ihr mir vorschlagt, ist zu vortheilhaft für mich und zu ungünstig für Euch. So werden die Geschäfte nicht gemacht."

„Was kümmert es Euch? Ich habe mir in den Kopf gesetzt, daß der Mann frei sein sollte."

„Ihr kennt den undankbaren Sinn der Neger noch nicht," fuhr Jener dringender fort; Quoniam wird es Euch keinen Dank wissen, daß Ihr Euch für ihn aufopfert; ja vielleicht werdet Ihr bei der nächsten Gelegenheit Eure gute That bereuen."

„Wohl möglich, das ist seine Sache, ich fordere keine Dankbarkeit von ihm; zeigt er sich erkenntlich, so ist's um so besser für ihn, wie Gott will! Ich folge der Stimme meines Herzens und das Zeugniß meines Gewissens dient mir als Belohnung."

„Ihr seid, bei Gott, ein wackerer Junge, wißt Ihr das?" rief der Händler aus, der nicht länger im Stande war, an sich zu halten. „Es wäre zu wünschen, daß man häufiger Männer Eures Schlages begegnete. Nein, auch ich will Euch beweisen, daß ich nicht so böse bin, wie Ihr nach dem, was zwischen uns vorgefallen zu erwarten berechtigt wäret; ich will den Kaufbrief Quoniam's unterzeichnen und dagegen nur eine Tigerhaut zum An=

denken an unsere Begegnung annehmen, obwohl ich," fügte er schmerzlich auf seinen Arm deutend hinzu, „bereits ein anderes Andenken von Euch habe."

„Es gilt!" rief der Canadier vergnügt aus; „aber Ihr werdet zwei Tigerfelle annehmen, weil ich Euch um ein Messer, eine Axt und den Rifle, welchen Ihr noch habt, bitten will, damit der arme Teufel, welchem wir die Freiheit geben, denn jetzt habt Ihr das Eurige zu der guten That beigetragen, sich seinen Unterhalt verschaffen kann."

„Es sei," entgegnete der Händler in aufgeräumtem Tone, „da der Schlingel darauf besteht, frei zu sein, so mag er seinen Willen haben und zum Teufel gehen."

Auf einen Wink seines Herrn brachte einer der Diener Tinte, Feder und Papier herbei und entwarf nicht einen Kaufbrief, sondern auf den Wunsch des Canadiers einen regelrechten Freibrief, den der Händler, so gut es gehen wollte, unterschrieb und die Diener als Zeugen unterzeichneten.

„Meiner Treu!" rief John Davis aus, „vom Standpunkte des Geschäftes aus habe ich möglicher Weise eine große Dummheit begangen, aber Ihr möget mir es glauben oder nicht, noch niemals bin ich zufriedener mit mir gewesen."

„Weil Ihr," antwortete der Canadier ernst, „heute dem Drange Eures Herzens gefolgt seid."

Der Canadier verließ nun die Plattform, um die beiden Felle zu holen. In Kurzem kehrte er mit zwei prächtigen, völlig unversehrten Jaguarfellen zurück, welche er dem Händler gab. Letzterer überreichte ihm dafür verabredeter Maßen die Waffen; doch jetzt kam dem Jäger noch ein Bedenken.

„Einen Augenblick," sagte er, wie wollt Ihr selbst wieder nach den Niederlassungen zurückkehren, wenn Ihr mir die Waffen gebt?"

„Laßt Euch das nicht kümmern," antwortete John Davis; „ich habe meine Pferde und Leute kaum drei Meilen von hier zurückgelassen. Ueberdies haben wir unsere Pistolen deren wir uns nöthigen Falles bedienen können."

„Das ist wahr," erwiederte der Canadier, „auf solche Weise habt Ihr nichts zu fürchten; da Euch indessen Eure Wunde nicht gestatten wird, einen so weiten Weg zu Fuß zurück zu legen, so will ich Euren Dienern behülflich sein, eine Trage zu fertigen."

Mit der Geschicklichkeit, von welcher er bereits so viele Beweise gegeben hatte, baute der Canadier aus Zweigen, die er mit der Axt abgehauen, im Nu eine Trage, auf welche die beiden Tigerfelle gebreitet wurden.

„Und jetzt lebt wohl," sagte er; „vielleicht sehen wir uns niemals wieder. Hoffentlich scheiden wir mit freundlicherer Gesinnung, als wir uns begegnet sind: Vergesset nicht, daß ein ehrlicher Mann das garstigste Gewerbe ehrlich betreiben kann; so oft Euch daher Euer Herz zu einer guten That räth, verschließt Euer Ohr nicht gegen die Stimme desselben, denn es ist die Stimme Gottes."

„Dank," antwortete der Händler nicht ohne Bewegung, „und nun noch ein Wort, ehe wir uns trennen!"

„Redet."

„Sagt mir Euren Namen, damit ich mich, wenn wir uns zufällig wieder begegnen sollten, in Euer Gedächtniß zurückrufen kann, wie Ihr es gegen mich thun würdet!"

„Sehr richtig, ich heiße Ruhig, die Waldläufer, meine Kameraden haben mir den Beinamen Tigertödter gegeben."

Ehe sich der Händler von seinem Erstaunen über die plötzliche Enthüllung des Namens eines Mannes, dessen Ruf an den Grenzen weitverbreitet war, erholt hatte, war der Jäger, nachdem er ihm einen letzten Abschied zugewinkt, von der Plattform hinuntergesprungen, hatte seine Pirogue losgebunden und ruderte kräftig dem jenseitigen Ufer zu.

„Ruhig, der Tigertödter!" murmelte John Davis, sobald er sich allein sah, „es ist wahrlich eine Eingebung meines guten Engels, daß ich mir einen solchen Mann zum Freunde gemacht habe."

Hierauf legte er sich auf die Trage, deren Handhaben zwei Diener erfaßten, warf einen letzten Blick auf den Canadier, der eben am entgegengesetzten Ufer landete und sagte: „Vorwärts."

Bald war die Plattform wieder verödet, der Händler war mit seinem Gefolge unter den Bäumen verschwunden und bald ließ sich nur noch das immer entferntere, kurze Gebell der Schweißhunde vernehmen, welche der kleinen Truppe voraussprangen.

Drittes Kapitel.

Der Schwarze und der Weiße.

Der canadische Jäger, dessen Namen wir endlich erfahren haben hatte unterdessen, wie bereits erwähnt wurde, das andere Ufer des Flusses erreicht, wo der Neger im Gebüsch verborgen lag.

Während der langen Abwesenheit seines Beschützers hätte der Sklave leicht entspringen können und zwar um so mehr, als er fast mit Gewißheit annehmen durfte, erst nach Verlauf eines Zeitraumes verfolgt zu werden, der ihm gestattet haben würde, einen bedeutenden Vorsprung vor Denjenigen zu gewinnen, welche so hartnäckig strebten, sich seiner zu bemächtigen.

Er hatte es indessen nicht gethan, entweder, weil er eine solche Flucht für unausführbar hielt, oder weil er zu müde war, oder aus irgend einem anderen Grunde, den wir nicht kennen; er hatte die Stelle, wohin er von Anfang an geflüchtet war, nicht verlassen und verfolgte mit beharrlicher Aufmerksamkeit die Bewegungen der Personen, welche auf der Plattform standen, die er mit unausgesetzter, ängstlicher Sorgfalt im Auge behielt.

John Davis hatte in der Schilderung, welche er dem Jäger gegeben, nicht zu viel gesagt, denn Quoniam war in der That eines der prächtigsten Exemplare der afrikanischen Menschenrace; er war höchstens zweiundzwanzig Jahr alt, hochgewachsen, wohlgebildet und kräftig gebaut; seine Schultern waren breit, seine Brust gut entwickelt und die Glieder ebenmäßig; es war anzunehmen, daß er eine ungewöhnliche Gewandtheit und Behendigkeit mit unvergleichlicher Kraft verband; seine Züge waren fein und ausdrucksvoll, sein Gesicht verrieth Offenheit, sein gerader Blick war intelligent und obwohl seine Haut vom glänzendsten Schwarz war und in Amerika, jenem Lande der Freiheit diese Farbe ein unverlöschliches Brandmal der Knechtschaft ist, athmete das Wesen des Mannes so viel Freiheit und Unabhängigkeit, daß er von Gott, der seinen Geschöpfen den freien Willen verliehen hat, welchen ihm die Menschen vergebens zu rauben trachten, nicht zur Knechtschaft bestimmt gewesen zu sein schien.

Als der Canadier wieder in seine Pirogue stieg und die Amerikaner die Plattform verließen, athmete der Neger erleichtert auf, denn obwohl er, da er zu weit entfernt war, um zu hören, was gesprochen wurde, nicht genau wußte, was zwischen dem Jäger und seinem Herrn verhandelt worden war, errieth er doch, daß er wenigstens für den Augenblick nichts von demselben zu fürchten habe und erwartete die Wiederkehr seines großmüthigen Beschützers mit fieberhafter Ungeduld, um von ihm zu erfahren, was er zu hoffen und zu fürchten habe.

Sobald der Canadier das Ufer erreicht hatte, zog er die Pirogue auf den Sand und ging mit festen, entschlossenen Schritten nach der Stelle, wo er den Neger vermuthete.

Bald erblickte er ihn, fast in derselben Stellung wie er ihn verlassen hatte.

Der Jäger konnte sich eines zufriedenen Lächelns nicht erwehren.

„Aha," rief er ihm zu, „Freund Quoniam, da seid Ihr ja?"

„Ja, Herr. John Davis hat Ihnen meinen Namen gesagt?"

„Wie Ihr sehet; aber was macht Ihr da? Warum seid Ihr während meiner Abwesenheit nicht entsprungen?"

„Quoniam ist kein solcher Feigling," entgegnete er, um zu entspringen, während ein Anderer sein Leben für ihn wagt. Ich habe hier gewartet, und war bereit, mich auszuliefern, sobald die Sicherheit des weißen Jägers gefährdet wäre."

Er sprach mit so würdiger Einfachheit, daß man wohl sehen konnte, daß es seine aufrichtige Meinung war.

„Gut," antwortete der Jäger freundlich, „ich danke Euch, die Absicht war gut; Eure Einmischung war glücklicher Weise nicht nothwendig, übrigens habt Ihr wohlgethan, hier zu bleiben."

„Wie es mir auch ergehen mag, seien Sie versichert, Herr, daß ich Ihnen ewig dankbar sein werde."

„Um so besser für Euch, Quoniam, ich werde daran sehen, daß Ihr nicht undankbar seid, was eines der häßlichsten Laster ist, die der Menschheit anhängen; vor allen Dingen aber thut mir den Gefallen, mich nicht mehr Herr zu nennen, das betrübt mich; das Wort Herr faßt einen entwürdigenden Begriff der Unterwürfigkeit in sich, und ich kann und will nicht Euer Herr, sondern nur Euer Kamerad sein."

„Welchen anderen Namen könnte Ihnen ein armer Sklave geben?"

„Den meinigen, bei Gott! Nennt mich Ruhig, wie ich Euch Quoniam nenne. Der Name Ruhig ist nicht besonders schwer zu merken, glaube ich."

„Ach nein, nicht im Geringsten," lachte der Neger.

„Gut! Abgemacht also; gehen wir nun zu etwas Anderem über und nehmt vor allen Dingen dieß."

Bei diesen Worten zog der Jäger ein Papier aus dem Gürtel und überreichte es dem Schwarzen.

„Was ist das?" fragte dieser, indem er einen ängstlichen Blick auf das Papier warf, welches er zu unwissend war, zu lesen.

„Das?" fuhr der Jäger lächelnd fort, „ein kostbarer Talisman, der Euch zu einem Menschen wie jedem Anderen macht und Euch aus der Zahl der Thiere streicht, unter welchen Ihr bisher vegetirt habt, es ist mit einem Worte eine Acte vermöge welcher

John Davis, gebürtig aus Süd-Carolina, Sklavenhändler, von heute an dem hier gegenwärtigen Quoniam seine volle, unbeschränkte Freiheit wiedergiebt, um fortan einen beliebigen Gebrauch von derselben zu machen, oder, wenn es Euch besser gefällt, Euer Freibrief in Gegenwart Eures gewesenen Herrn, aufgesetzt und von ihm und competenten Zeugen unterschrieben, um Euch für den Nothfall als Ausweis zu dienen.

Als der Neger diese Worte vernahm, wurde er blaß, insofern es dem Schwarzen möglich ist, d. h. sein Gesicht nahm eine schmutziggraue Farbe an, er riß die Augen übermäßig auf, blieb eine Zeit lang starr und unbeweglich wie niedergedonnert stehen und war nicht im Stande sich zu regen, oder ein Wort zu sagen.

Endlich schlug er ein schallendes Gelächter auf, überschlug sich zwei bis dreimal mit der Behendigkeit eines Raubthieres und brach dann plötzlich in Thränen aus.

Der Jäger, welchen das Benehmen des Schwarzen, zu dem er sich immer mehr hingezogen fühlte, in hohem Grade interessirte, folgte den Bewegungen desselben mit der größten Aufmerksamkeit.

„Ich bin also frei," sagte der Schwarze endlich, „vollständig frei, nicht wahr?"

„So frei wie möglich," antwortete Ruhig lächelnd.

„Ich kann jetzt kommen, gehen, mich hinlegen, arbeiten oder ausruhen, ohne daß mir es jemand wehren oder mir Peitschenhiebe geben könnte?"

„Gewiß."

„Ich gehöre nur mir, mir allein? Ich kann handeln und denken wie die übrigen Menschen, bin kein Lastthier, welches man befrachtet und vor den Wagen spannt; trotz meiner Farbe gelte ich so viel wie jeder andere weiße, gelbe, oder rothe Mensch?"

„Ganz ebenso viel," antwortete der Jäger, der über die naiven Fragen des Sklaven erfreut und zugleich belustigt war.

„Ach!" sagte der Neger, indem er seinen Kopf in beide Hände faßte, „ich bin also frei, endlich frei!"

Er sprach die Worte in einem seltsamen Tone, der den Jäger erbeben machte.

Plötzlich warf er sich auf die Knie, faltete die Hände, blickte gen Himmel und rief im Tone überschwänglichen Glückes aus.

„Mein Gott!" „Du, der Du Alles kannst, Du, vor welchem alle Menschen gleich sind und der Du nicht auf die Farbe siehest, um sie zu schützen und zu vertheidigen, ich danke Dir, mein Gott, daß Du mich der Sklaverei entrissen und der Freiheit zurückgegeben hast."

Nachdem der Neger dieses Gebet gesprochen, welches den Gefühlen Ausdruck gab, die in seinem Herzen gährten, ließ er sich auf den Boden sinken und blieb eine Zeitlang in ernste Betrachtungen vertieft. Der Jäger ehrte sein Schweigen.

Nach einiger Zeit richtete sich der Neger endlich wieder auf.

„Hören Sie, Jäger," sagte er, „ich habe Gott den gebührenden Dank für meine Freilassung gezollt, denn er hat Euch den Gedanken eingegeben, mich zu schützen. Jetzt, wo ich etwas ruhiger bin und anfange, mich an meine neue Lage zu gewöhnen, bitte ich Euch, mir zu erzählen was zwischen Euch und meinem Herrn vorgegangen ist, damit ich die Größe meiner Verpflichtungen gegen Sie genau ermessen und mein künftiges Benehmen darnach einrichten könne. Redet, ich höre."

„Wozu eine solche Erzählung, die Euch nicht besonders interessiren kann? Ihr seid frei, das muß Euch genügen."

„Nein, das genügt mir nicht; ich bin frei, das ist wahr, aber wie bin ich es geworden? Das ist, was ich ein Recht habe, Sie zu fragen."

„Ich wiederhole Euch, daß die Erzählung nicht sehr interssant für Euch ist, da Ihr aber, wenn Ihr sie angehört, vielleicht eine bessere Meinung von dem Manne fassen werdet, dem Ihr angehört habt, will ich mich nicht länger weigern; hört mich also an."

Nach dieser Vorrede berichtete Ruhig umständlich Alles, was zwischen ihm und dem Sklavenhändler geschehen war, dann als er endlich geendet, sagte er:

„Nun, seid Ihr jetzt zufrieden?"

„Ja," antwortete der Neger, der ihn mit der größten Aufmerksamkeit angehört hatte, „ich weiß jetzt, daß ich nächst Gott Euch Alles verdanke und werde es nicht vergessen; in welche Lage wir beiderseitig auch gerathen können, sollt Ihr nicht nöthig haben, mich an meine Schuld zu mahnen."

„Ihr seid mir nichts schuldig, seid vollkommen frei. Es kommt Euch zu jene Freiheit auf eine Weise zu benutzen, wie es einem Ehrenmanne ziemt."

„Ich werde mich bemühen, mich der Wohlthaten die Gott und Sie mir erwiesen, nicht unwürdig zu zeigen; auch John Davis danke ich aufrichtig für die gute Regung, welche ihn veranlaßt hat, auf Ihre Vorstellungen zu hören, vielleicht kann ich mich einst auch gegen ihn dankbar erweisen, und ich werde die Gelegenheit dazu, sobald sie sich mir bieten sollte, nicht unbenutzt vorübergehen lassen."

„Gut! So höre ich Euch gern reden, ich erkenne daraus, daß ich mich in Euch nicht geirrt habe; was denkt Ihr jetzt anzufangen?"

„Was rathet Ihr mir?"

„Das ist eine ernste Frage, welche ich kaum zu beantworten weiß; die Wahl eines Berufes ist stets schwierig und man muß sich die Sache reiflich überlegt haben ehe man einen festen Entschluß faßt; trotz meines Wunsches, Euch zu dienen, möchte ich es nicht gern auf mich nehmen, Euch einen Rath zu geben, denn wahrscheinlich würdet Ihr denselben aus Rücksicht gegen mich befolgen und würdet es vielleicht später bereuen; ich bin übrigens ein Mann, der seit seinem siebenten Jahre fortwährend in den Wäldern gelebt hat, bin daher mit dem was man die Welt zu nennen pflegt, zu unbekannt, um wagen zu können, Euch eine Laufbahn vorzuschlagen, von der ich selbst Nichts weiß, daher auch nicht die Licht- und Schattenseiten derselben zu beurtheilen vermag."

„Eure Bemerkungen sind vollkommen richtig, ich kann aber unmöglich ganz unthätig bleiben und muß den einen oder anderen Entschluß fassen."

„Ich will Euch unterdessen etwas sagen."

„Was denn?"

„Hier ist eine Flinte, ein Messer, Pulver und Kugeln; die Wildniß steht Euch offen, kostet daher einige Tage das Leben in der Einöde, während Ihr auf dem Anstand steht, könnt Ihr darüber nachdenken, welchen Beruf Ihr wählen wollt; Ihr könnt im Geiste die Vortheile erwägen, die Ihr von demselben erwartet, habt Ihr Euch dann fest entschlossen, so wendet Ihr der Wildniß den Rücken, kehrt nach den Niederlassungen zurück und da Ihr thätig, intelligent und ehrlich seid, bin ich überzeugt, daß Ihr bei jedem Gewerbe Euer Fortkommen finden werdet."

Der Neger nickte, stumm wiederholt mit dem Kopfe.

„Euer Rath hat manches für und wider sich, es ist nicht gerade, was ich möchte."

„So redet offen, Quoniam, denn ich merke Euch an, daß Ihr etwas auf dem Herzen habt, was Ihr gern sagen möchtet."

„Das ist wahr; ich bin nicht ganz offen gegen Euch gewesen, und sehe jetzt ein, daß ich darin Unrecht gethan habe. Statt unehrlicher Weise um Rath zu bitten, den ich doch nicht gesonnen war, zu befolgen, hätte ich Euch offen sagen sollen, was ich denke, das wäre auf jede Weise vorzuziehen gewesen."

„Nun," lachte der Jäger, „heraus mit der Sprache."

„Nun, warum sollte ich auch nicht sagen, was ich auf dem Herzen habe. Wenn es auf der Welt einen Menschen giebt, der mir Theilnahme bewiesen, so seid Ihr es ohne Zweifel, und es ist daher das Beste, wenn ich gleich weiß, woran ich bin; der einzige Beruf, der mir zusagen könnte ist der eines Waldläufers. Meine Neigung, mein ganzes Wesen zieht mich zu dem Berufe hin. Alle Fluchtversuche, welche ich als Sklave unternommen habe, bezweckten nichts anderes. Ich bin ein armer Neger, dessen beschränkter Geist und geringe Intelligenz nicht ausreichen würde ihn in der Stadt richtig zu leiten, denn dort wird der Mensch nicht nach seinem wahren Werthe geschätzt, sondern nur nach dem äußern Scheine. Was würde mir die Freiheit, auf welche ich so stolz bin, nützen, wenn ich an einen Ort ginge, wo ich ich dieselbe an den ersten besten verdingen müßte, damit er mir die Mittel gewährt, mich kleiden und ernähren zu können, da ich sonst keine Mittel besitze. Ich würde meine Freiheit wieder gewonnen haben um mich selbst zum Sklaven zu machen. Ich kann also nur in der Wildniß Nutzen aus dem Geschenke ziehen, das ich Ihnen verdanke ohne fürchten zu müssen, durch den Mangel zu Handlungen getrieben zu werden, welche eines Menschen der sich selbst achtet, unwürdig sind. Daher will ich von nun an in der Wildniß leben und zu keinem anderen Zwecke in die Stadt kommen, als um die Felle der von mir erlegten Thiere gegen Pulver, Kugeln und Kleider einzutauschen. Ich bin jung und kräftig und Gott, der mich bisher beschützt hat, wird mich nicht verlassen."

„Vielleicht habt Ihr Recht, und ich kann Euch nicht tadeln, wenn Ihr meinem Beispiele folgen wollt, indem ich das Leben, welches ich führe jedem anderen vorziehe. Nun, jetzt sind wir also einig und die Sache ist zu beiderseitiger Zufriedenheit erledigt. Wir wollen uns daher trennen, lieber Quoniam und ich wünsche Euch Glück auf den Weg; vielleicht treffen wir uns zuweilen auf indianischem Gebiete."

Der Neger zeigte lachend zwei Reihen schneeweißer Zähne, antwortete aber nicht.

Ruhig warf seinen Rifle über die Schulter, winkte ihm einen letzten freundlichen Abschied zu und wandte sich ab, um wieder seine Pirogue zu besteigen.

Quoniam griff nach der Flinte, die ihm der Jäger gelassen hatte, steckte das Messer in seinen Gürtel, an welchem er auch die Hörner mit Pulver und Kugeln befestigte, nachdem er sich dann durch einen letzten Blick überzeugt hatte, daß er nichts vergessen hatte, folgte er dem Jäger, der bereits einen ziemlich bedeutenden Vorsprung gewonnen hatte.

Er holte ihn in dem Augenblicke ein, wo Ruhig

in seine Pirogue sprang und sich anschickte mit derselben abzustoßen.

„Sieh," sagte er, „da seid Ihr ja wieder, Quontam?"

„Ja," antwortete dieser.

„Was führt Euch denn hierher?"

„J nun," sagte der Neger, indem er mit den Fingern in sein wolliges Haar fuhr und sich heftig auf dem Kopfe kratzte, „Ihr habt etwas vergessen."

„Ich?"

„Ja," antwortete er verlegen.

„Was denn?"

„Mich mitzunehmen."

„Das ist wahr," sagte der Jäger, indem er ihm die Hand reichte, „verzeihet, Bruder."

„Ihr wollt also?" sagte dieser mit schlecht verhehltem Entzücken.

„Ja."

„Wir werden uns nicht mehr trennen?"

„Das wird von Eurem Willen abhängen."

„Ach in dem Falle," antwortete jener vergnügt lachen, werden wir lange beisammen bleiben."

„Nun, es sei," fuhr der Canadier fort, „kommt, zwei Männer, welche einander vertrauen, vermögen in in der Wildniß viel. Gott hat gewollt, daß wir uns treffen sollten, wir wollen daher nun Brüder sein."

Quontam sprang in den Kahn und griff vergnügt nach den Rudern.

Der arme Sklave hatte sich noch nie so glücklich

gefühlt, nie war ihm die Luft so rein, die Natur, so schön erschienen und es kam ihm vor, als ob ihm Alles entgegenlache und ihm Glück wünsche; er würde von nun an ohne bittere Nebengedanken leben, wie alle anderen Menschen; die Vergangenheit erschien ihm nur noch wie ein Traum. Er hatte in seinem Beschützer gefunden, was so Viele während eines langen Lebens vergebens suchen, nämlich einen Freund und Bruder, welchem er vollständig vertrauen konnte und vor welchem er keine Geheimnisse haben würde.

Nach wenigen Minuten erreichten sie die Stelle, welche der Canadier gleich bei seiner Ankunft bemerkt hatte; jene Stelle, welche die beiden kreuzweis über einander liegenden Steineichen deutlich genug bezeichneten bildete ein kleines, sandiges Vorgebirge und war besonders zu einem Nachtlager geeignet, weil man von dort aus nicht allein den Lauf des Flusses stromab- und stromaufwärts auf eine weite Strecke überblickte, sondern auch die beiden Ufer überwachen und einem Ueberfalle zuvorkommen konnte.

„Hier werden wir die Nacht zubringen," sagte Ruhig; „wir wollen die Pirogue auch herüberschaffen, um unser Feuer dahinter zu schützen."

Quoniam ergriff das leichte Fahrzeug, hob es auf und lud es auf seine kräftigen Schultern, worauf er es an die von seinem Gefährten bezeichnete Stelle brachte.

Es war indessen geraume Zeit vergangen, seitdem sich der Canadier und der Neger so wunderbar begegnet waren. Die Sonne, welche bereits ziemlich tief stand, als der Jäger um den Vorsprung bog und Jagd auf die Flamingo's machte, war im Begriffe unter zu gehen, die Nacht brach rasch herein und der Hintergrund der Landschaft fing bereits an, hinter dem immer dichter werdenden Schatten des Abends zu verschwinden.

Die Wildniß erwachte allmählich, das dumpfe Gebrüll der wilden Thiere ließ sich von Zeit zu Zeit vernehmen und mischte sich unter das Miauen der Dachse und das kurze Gebell der rothen Wölfe.

Der Jäger wählte das trockendste Holz, was er finden konnte, damit das Feuer keinen Rauch gebe, sondern die Umgebung hinreichend beleuchte, um die Nähe der gefährlichen Nachbarn, deren Geschrei sie vernahmen und welche der Durst bald nach der Richtung treiben werde, zu verrathen.

Die gebratenen Flamingo's bildeten nebst etwas Pennekann, d. i. gehacktes und pulverisirtes Fleisch, die Abendmahlzeit der Abenteurer, zu welcher ihnen kein anderes Getränk zu Gebote stand, als das Wasser des Flusses, doch verzehrten sie es mit der gesunden Eßlust von Männern, welche jede Speise zu schätzen wissen, die sie aus der Hand der Vorsehung empfangen.

Als der letzte Bissen verzehrt war, theilte der Canadier seinen Vorrath an Tabak brüderlich mit seinem neuen Kameraden, zündete dann seine indianische Pfeife an und schmauchte dieselbe mit großem Behagen, welchem Beispiele Quoniam gewissenhaft folgte.

„Jetzt," sagte Ruhig, „wird es angemessen sein, Euch mitzutheilen, daß mir einer meiner alten Freunde vor ungefähr drei Wochen versprochen hat, mich hier zu treffen; ich erwarte ihn morgen mit Anbruch des Tages. Es ist ein indianischer Häuptling, der zwar noch jung ist, sich aber bei seinem Stamme eines bedeutenden Rufes erfreut. Ich liebe ihn wie einen Bruder. Wir sind, so zu sagen, mit einander aufgewachsen. Ich würde mich freuen, wenn Ihr ihm gefielt. Es ist ein kluger, erfahrener Mann, für welchen das Leben in der Wildniß keine Geheimnisse mehr hat. Vergeßt nicht, daß die Freundschaft eines indianischen Häuptlinges für einen Waldläufer von großem Nutzen ist. Uebrigens bin ich überzeugt, daß Ihr Euch auf den ersten Blick gefallen werdet."

„Ich werde alles Mögliche thun, mir seine Gunst zu erwerben. Die Thatsache, daß er Euer Freund ist genügt, um in mir den Wunsch zu erwecken, ihn auch zu dem meinigen zu machen. Ich habe bis jetzt, obwohl ich als entsprungener Sklave ziemlich lange in den Wäldern umher gelaufen bin, noch keinen freien Indianer gesehen, es wäre daher möglich, daß ich, ohne es zu wollen, einen Verstoß beginge. Seid aber versichert, daß es nicht mit meinem Willen geschieht."

„Davon bin ich überzeugt, beruhigt Euch daher, ich werde es dem Häuptling sagen, der wahrscheinlich bei Eurem Anblicke ebenso verwundert sein wird, wie Ihr, denn ich glaube, daß Ihr der erste Schwarze seid, welchen er jemals erblickt hat. Jetzt ist die Nacht vollständig hereingebrochen, Ihr werdet nach der hartnäckigen Verfolgung, deren Gegenstand Ihr den ganzen Tag gewesen, sowie nach den heftigen Gemüthserschütterungen, die Ihr zu überstehen gehabt, ermüdet sein; schlaft, ich werde für uns Beide wachen, denn morgen werden wir wahrscheinlich einen starken Marsch zu machen haben und Ihr müßt dazu kräftig sein."

Der Neger fügte sich der Weisung seines Freundes um so lieber, als er buchstäblich vor Müdigkeit umkam; er war durch die Schweißhunde seines gewesenen Herrn während vier Tagen so hartnäckig verfolgt worden, daß er die Augen nicht hatte schließen können. Er verleugnete also jedes falsche Zartgefühl, streckte sich mit den Füßen gegen das Feuer und schlief fast augenblicklich ein.

Ruhig blieb, seinen Rifle zwischen den Beinen haltend, um bei der geringsten Störung bei der Hand zu sein, auf der Pirogue sitzen und überließ sich, indem er die Umgegend mit scharfen Blicken musterte und dem leisesten Geräusch lauschte, ernsten Betrachtungen.

Viertes Kapitel.

Die Manada.

Die Nacht war prächtig, und die zahlreichen, am dunkelblauen Himmel schimmernden Sterne warfen ein sanftes, geheimnißvolles Licht auf die Landschaft. Die Wildniß war von tausend regsamen oder melodischen Lauten belebt, und durch das Laub drang ein matter Schein, der gleich Irrlichtern über den feinen Rasen schwebte. Am jenseitigen Ufer des Flusses ragten alte abgestorbene und bemooste Eichen wie Gespenster in die Luft und bewegten ihre langen, mit Schlinggewächsen umrankten Aeste im Winde. Unzählige Laute durchzitterten die Luft, aus den tiefen Höhlen des Waldes drang unheimliches Geheul, der Wind ächzte im Laube der Bäume, das Wasser rieselte über die Kiesel des Ufers, kurz, jener unerklärliche und unerklärte Laut, jene hörbaren Pulsschläge, welche gleich den Athemzügen Gottes die erhabenen Einöden der amerikanischen Steppen beleben, ließen sich durch die Nacht vernehmen.

Der Jäger überließ sich unwillkürlich dem gewaltigen

Einflusse der ursprünglichen Natur, die ihn umgab; er sog den stärkenden Duft der jungfräulichen Natur in tiefen Athemzügen ein; sein Herz erbebte und verschmolz sich mit dem erhabenen Schauspiele, was vor ihm lag; eine sanfte, träumerische Schwermuth bemächtigte sich seiner; fern von den Menschen und ihrer gekünstelten Civilisation, glaubte er, Gott näher zu sein und die Bewunderung, welche ihm das geheimnißvolle Leben und Weben der Natur einflößte, deren ewiges Schöpfungs= werk er gewissermaßen belauschte, bestärkte ihn in seinem kindlichen Glauben.

Die Seele wächst und die Gedanken erweitern sich unter dem Einflusse jenes Wanderlebens, welches in jeder Minute neue und überraschende Anregungen bietet und wo der Mensch in jenen wilden und erhabenen Land= schaften, die ihn umgeben, den Finger Gottes deutlich erkennt.

Jenes gefahrvolle und mühselige Leben bietet da= her denjenigen, die es einmal gekostet haben, unaus= sprechlichen Genuß und unwiderstehlichen Reiz und die Freuden desselben prägen sich unverlöschlich ein, denn nur in der Wildniß wird sich der Mensch seines Daseins bewußt, nur dort findet er das richtige Maaß für seine Kraft, nur dort wird ihm seine Macht offenbar.

Die Stunden flogen rasch an dem Jäger vorüber, ohne daß ihn der Schlaf heimgesucht hätte; schon beweg= ten sich die hohen Wipfel der Bäume im Morgenwinde, der kühl über den glatten Wasserspiegel strich, in welchem sich die zerklüfteten Ufer in großen Umrissen spiegelten; ein rosiger Schein verkündete am Horizonte den nahen Aufgang der Sonne und die unter dem Laube versteckte Eule hatte den anbrechenden Tag bereits wiederholt mit ihrem schwermüthigen Rufe begrüßt, denn es mochte ungefähr drei Uhr Morgens sein.

Ruhig verließ er den harten Sitz, auf welchem er bisher unbeweglich gesessen, streckte seine erstarrten Glieder und schritt am Ufer auf und ab, um die Circulation des Blutes in allen Gliedern wieder herzustellen.

Wenn ein Mensch zwar nicht aufwacht, denn der wackere Canadier hatte während seiner langen Wache keinen Augenblick geschlafen, aber doch die Betäubung abschüttelt, in welche ihn das Schweigen, die Dunkelheit und vor Allem die schneidend kalte Nachtluft versetzt hat, bedarf er einiger Minuten, ehe es ihm gelingt, zu vollständig klarem Bewußtsein zu gelangen und das Gleichgewicht seiner Gedanken wieder herzustellen; so erging es auch dem Jäger, da er aber an das Leben der Wildniß bereits lange gewöhnt war, bedurfte er dazu weit weniger Zeit, als ein Anderer und bald war er wieder in vollem Besitze seiner geistigen Fähigkeiten und war so munter, aufgeweckt und frisch, als am vorhergehenden Abend; er war daher eben im Begriffe, seinen Gefährten zu wecken, der noch jenen friedlichen, stärkenden Schlummer genoß, welcher hienieden nur den Kindern und denjenigen Menschen zu Theil wird, deren Gewissen rein und frei von Vorwurf ist, als er plötzlich inne hielt und voll Besorgniß lauschte."

Aus den fernen Tiefen des Waldes, der sich hinter seinem Lager wie eine grüne Mauer ausdehnte, hatte der Canadier ein unerklärliches Geräusch dringen hören, was sich mit jedem Augenblicke verstärkte und bald kurzen, heftigen Donnerschlägen glich.

Das Geräusch kam immer näher, es klang wie kurze, unzählige Hufschläge, vermischt mit dem Rauschen des Laubes und Krachen der Aeste und einem dumpfen Gebrüll, das nichts Irdisches hatte, kurz, es waren erschreckende und unerklärliche Laute, welche bereits bedeutend näher gekommen waren und dem dumpfen, unaufhörlichen Brausen einer ungeheuern Wasserfluth glichen.

Quoniam erwachte plötzlich über jenes seltsame Getöse und stand aufrecht mit dem Rifle in der Hand, den Blick auf den Jäger gewendet, da, bereit, auf das erste Zeichen herbei zu eilen, ohne daß er indessen begriffen hätte, was vor sich ging. Sein Geist war noch halb vom Schlafe befangen und er fühlte sich von jenem unwillkürlichen Schrecken erfaßt, der sich auch des Tapfersten bemächtigt, sobald er sich von einer unbekannten furchtbaren Gefahr bedroht sieht.

Einige Minuten verstrichen auf solche Weise.

„Was sollen wir thun?" murmelte Ruhig unschlüssig, indem er vergebens bemüht war, das Dunkel des Waldes zu erforschen, um sich zu erklären, was vor sich ging.

Plötzlich ließ sich in geringer Entfernung ein durchdringendes Pfeifen vernehmen.

„Ach," rief Ruhig plötzlich erfreut aus, indem er sich aufrichtete, so werde ich denn endlich erfahren, was ich von der Sache halten soll."

Er legte seine Finger an den Mund und ahmte den Schrei des Reihers nach; im selben Augenblicke sprang in großen, tigerähnlichen Sätzen ein Mann aus dem Walde, und stand bald an der Seite des Jägers.

„Uah!" rief er aus, „was thut mein Bruder hier?"

Der Mann war der schwarze Hirsch.

„Ich erwarte Euch, Häuptling," antwortete der Canadier.

Die Rothhaut war ein Mann von sechsundzwanzig bis siebenundzwanzig Jahren; seine mittelgroße Gestalt war vollkommen ebenmäßig gebildet, er trug den vollen Kriegsschmuck seines Volkes und war bemalt und bewaffnet, als ob er in's Feld ziehen wolle; sein Gesicht war schön, seine ausdrucksvollen Züge hatten ein erhabenes, würdevolles Gepräge und seine offene Miene drückte Tapferkeit und Güte aus.

In dem Augenblicke schien er heftig erregt zu sein, was um so auffallender war, als die Rothhäute einen Ehrgeiz darein legen, sich durch keinen, noch so schrecklichen Zufall aus der Fassung bringen zu lassen, seine Augen schleuderten Blitze, seine Worte waren kurz und abgerissen und seine Stimme hatte einen metallenen Klang.

„Schnell!" sagte er, „wir haben bereits zu viel Zeit verloren!"

„Was giebt es denn?" fragte Ruhig.

„Die Bisamochsen," sagte der Häuptling.

„Oho!" rief Ruhig entsetzt aus.

Jetzt hatte er Alles begriffen; jenes Geräusch, was er bereits seit einiger Zeit vernahm, rührte von einer Manada oder Bisamheerde her, welche von Osten herkam, um sich wahrscheinlich nach den höher gelegenen Prairien des Westens zu wenden.

Was der Jäger so schnell errathen hatte, müssen wir dem Leser in Kürze erläutern, damit er begreife, welcher furchtbaren Gefahr unsere drei Personen ausgesetzt waren.

In den altspanischen Besitzungen nennt man eine aus mehreren Tausenden bestehende Heerde wilder Thiere eine Manada; während der periodischen Streifzüge, welche die Bisam zur Brunstzeit unternehmen, bilden sie zuweilen Manadas, welche aus fünfzehn bis zwanzig tausend Thieren bestehen, die in dichten Schaaren gemeinschaftlich reisen; jene Thiere laufen immer gerade vor sich hin und reißen, wo sie in dichten Reihen herangebraust kommen, alle Hindernisse zu Boden, welche sich ihnen entgegenstellen; wehe dem Verwegenen, der es wagen würde, ihren tollen Lauf aufhalten oder ablenken zu wollen, er würde unter den Füßen jener dummen Thiere wie ein Strohhalm zertreten werden und sie würden, ohne ihn gesehen zu haben, über ihn hinwegjagen.

Die Lage unserer drei Personen war also sehr bedenklich, denn der Zufall hatte sie einer Manada gegenüber gestellt, welche mit Blitzesschnelligkeit auf sie zukam.

Es war unmöglich zu fliehen, sie durften nicht daran denken, der Widerstand war aber noch unmöglicher.

Das Geräusch kam mit erschreckender Schnelligkeit näher, man hörte bereits das wilde Gebrüll der Bisam, untermischt mit dem Gebell der Wölfe und dem abgerissenen Geheul der Jaguare, welche zu beiden Seiten der Manada heranjagten, um sich der Nachzügler, oder derjenigen zu bemächtigen, welche so unvorsichtig waren rechts oder links abzuschwenken.

Nach kaum einer Viertelstunde war es um unsere Reisenden geschehen, denn dann würde die scheußliche Lawine zermalmend und verheerend mit der unwiderstehlichen Gewalt der rohen Kraft, die durch nichts zu besiegen ist, herangebraust kommen.

Die Lage war, wie gesagt, bedenklich.

Der Schwarze Hirsch verfügte sich eben nach dem Orte, welchen er selbst zum Sammelplatze bestimmt hatte und war kaum noch drei bis vier Stunden von demselben entfernt, als sein geübtes Ohr das Getöse der wilden Bisamheerde vernahm. Fünf Minuten genügten ihm, um die Größe der Gefahr zu ermessen, die dem Jäger drohte. Mit jener schnellen Entschlossenheit, welche in entscheidenden Fällen den Rothhäuten eigen ist, beschloß er, seinen Freund zu warnen und wenn er ihn nicht zu retten vermöge, mit ihm unter zu gehen. Er eilte alsbald mit schwindelnder Eile vorwärts und hatte, während er den Raum, der ihn noch vom Orte der Zusammenkunft trennte durchflog, nur einen Gedanken, der Manaba auf solche Weise zuvor zu kommen, daß sich der Jäger retten könne, aber trotz seiner Geschwindigkeit, und die Indianer sind für ihre besondere Behendigkeit berühmt, war es ihm nicht möglich gewesen, zu rechter Zeit zu kommen, um denjenigen, welchen er retten wollte, in Sicherheit zu bringen.

Als der Häuptling, nachdem er den Jäger gewarnt, erkannte, wie vergeblich seine Anstrengungen gewesen, trat eine plötzliche Reaktion in seinem Innern ein, seine ängstlich gespannten Züge nahmen wieder den gewohnten starren Ausdruck an, ein verächtliches Lächeln umschwebte seine Lippen und er sank zu Boden, indem er in dumpfen Tone murmelte:

„Der Wacondah hat es nicht gewollt!"

Ruhig fügte sich aber nicht mit derselben Resignation und fatalistischen Apathie in seine Lage, denn der Jäger gehörte zur Zahl jener energischen Männer, deren kräftiger Charakter sich nicht niederbeugen läßt und die bis zum letztem Athemzuge kämpfen.

Als er sah, daß die Rothhaut sich mit der, seinem Volke eigenen fatalistischen Ergebenheit verloren gab, beschloß er einen letzten Versuch zu machen und das Unmögliche zu wagen.

Ohngefähr zwanzig Schritte von der Stelle entfernt wo der Jäger sein Lager aufgeschlagen hatte, lagen mehrere, abgestorbene Eichstämme am Boden, welche verwittert und übereinander gefallen waren, und hinter jener natürlichen Schanze grünten fünf bis sechs Eichen abgesondert von den Uebrigen und bildeten eine Art Oase auf dem Sande des Ufers.

„Auf!" schrie der Jäger, „Quoniam sucht so viel dürres Holz zusammen, als Ihr nur finden könnt, und kommt her; Häuptling, thut ein Gleiches."

Die beiden Männer gehorchten, denn, obwohl sie die Absicht des Jägers nicht durchschauten, fühlten sie sich von seiner Kaltblütigkeit ermuthigt.

„Gut!„ sagte der Jäger, „nur muthig, noch ist nicht Alles verloren!"

Hierauf trug er die letzten brennenden Reiser des Lagerfeuers auf den Stoß dürren Holzes, fachte das Feuer mit herzigen Stößen an, und nach kaum fünf Minuten erhob sich eine hohe Feuersäule dampfend gen Himmel und bildete bald eine über zehn Meter breite Wand.

„Zurück! zurück!" rief der Jäger aus, „folgt mir!"

Der Schwarze Hirsch und Quoniam folgten ihm auf dem Fuße.

Der Canadier ging nicht weit; als er die früher erwähnte Baumgruppe erreicht hatte, kletterte er auf den dicksten Stamm und bald saß er nebst seinen Kameraden, Dank ihrer beispiellosen Behendigkeit und Gewandtheit, fünfzig Meter über dem Fußboden bequem auf den starken Aesten, und hinter dem Laube vollständig verborgen.

„So," sagte der Canadier mit der größten Kaltblütigkeit, das ist unser letztes Rettungsmittel: sobald sich die Heerde zeigt, feuert Ihr auf die Vorläufer; lassen sich die Bisamochsen von den Flammen schrecken, so sind wir gerettet, im entgegengesetzten Falle bleibt uns nichts übrig, als zu sterben, dann haben wir wenigstens Alles gethan, was uns möglich war, um unser Leben zu retten."

Das von den Jägern angezündete Feuer hatte eine riesenhafte Größe erreicht; es ergriff allmählig die Büsche und Gräser, und obwohl es zu weit entfernt vom Walde war, um auch den zu entzünden, breiteten sich die Flammen fast eine Viertelstunde weit aus, und färbten sowohl den Himmel als die nächste Umgebung mit ihrem blutigen Scheine, wodurch das Schauspiel ebenso ergreifend als majestätisch wurde.

Die Jäger schwebten auf ihrem hohen Zufluchtsorte hoch über dem Flammenmeere, das ihnen nichts anhaben konnte, denn sie befanden sich außerhalb des Bereiches der Glut.

Plötzlich ließ sich ein furchtbares Gekrach vernehmen und der Vortrab der Manada erschien am Rande des Waldes.

„Achtung!" sagte der Jäger, indem er sein Gewehr anlegte.

Die Bisamochsen waren über das Flammenmeer, das sich ihnen so unvermuthet entgegenstellte, betroffen, die Helligkeit blendete sie, die Hitze versengte sie, sie zauderten daher kurze Zeit, als wollten sie sich mit einander berathen, dann stürzten sie plötzlich unter wüthendem Gebrüll heran.

Drei Schüsse knallten.

Die drei vordersten Thiere stürzten zu Boden und wälzten sich im Todeskampfe an der Erde.

— „Wir sind verloren," sagte Ruhig gelassen.

Die Bisam kamen immer näher.

Bald wurde aber die Hitze unerträglich; der Wind wehte der Manada den Rauch in die Augen, so daß die Thiere geblendet waren und es erfolgte eine Reaktion; erst hielten sie kurze Zeit inne, dann fingen sie an, zurückzuweichen.

Die Jäger folgten athemlos und mit ängstlicher Spannung der Entwickelung des furchtbaren Schauspiels. Es handelte sich um Leben und Tod und sie fühlten, daß ihre Rettung nur an einem Haare hing.

Die Masse der nachdrängenden Thiere stürmte immer rastlos vorwärts. Die Anführer der Manada vermochten dem Andrängen der Nachfolgenden nicht zu widerstehen; sie wurden umgerissen und zu Boden getreten, doch sobald die Nächsten die Hitze bemerkten, wollten sie auch zurückweichen; in dem entscheidenden Augenblicke wandten sich einzelne Bisamochsen rechts und links zur Seite; das war hinreichend, die Uebrigen folgten ihnen; es bildeten sich zu beiden Seiten des Feuers zwei Züge und die auf solche Weise zertheilte Manada verlief sich wie ein Strom, der den Damm durchbrochen hat, vereinigte sich am Ufer wieder und durchschwamm denselben in dicht geschaarten Reihen.

Der Anblick der Manada, welche mit entsetzlichem

Geschrei, gefolgt von den Raubthieren, flüchtete und das von den Jägern entzündete Feuer umzingelte, welches einem unheimlichen Leuchtthurme glich, der bestimmt war, die Umgegend zu erhellen, war schreckenerregend.

Bald stürzten sich die Thiere in das Wasser, welches sie in gerader Richtung durchschwammen, worauf die braune Schaar am jenseitigen Ufer auf- und niederwogte und der Vortrab der Manada bald verschwand.

Dank der Geistesgegenwart und Kaltblütigkeit des Canadiers sahen sich die Jäger gerettet; doch blieben sie noch beinahe zwei Stunden auf den schützenden Aesten des Baumes sitzen.

Die Bisamochsen defilirten fortwährend rechts und links; und obwohl das Feuer aus Mangel an Nahrung verloschen war, gehorchten die Nachzügler blind dem Beispiele ihrer Vorgänger und sobald die Manada den Heerd des Feuers, was vollständig verglimmt war, erreichte, trennte sie sich von selbst und defilirte rechts und links vorüber.

Endlich erschien der von Jaguaren verfolgte Nachtrab, welche zu den Seiten und hinter demselben herliefen, dann war Alles vorüber. Das Schweigen der Wildniß, was eine Zeit lang unterbrochen worden, herrschte wieder rings umher und nur eine breite Spur, auf welcher umgerissene und zertretene Baumstämme lagen, verrieth den wüthenden Lauf der scheuen Heerde.

Fünftes Kapitel.

Der Schwarze Hirsch.

Sobald unsere drei Personen den Baum verlassen hatten, sammelten sie die verstreuten Ueberreste des Feuers, um einen neuen Holzstoß zu entzünden, über welchem sie ihr Frühstück bereiteten.

Da es ihnen nicht an Lebensmitteln fehlte, brauchen sie die mitgebrachten Vorräthe nicht anzugreifen, denn mehrere todt am Boden liegende Bisamochsen boten ihnen das saftigste Fleisch der Wildniß im Ueberflusse.

Während Ruhig damit beschäftigt war, einen Bisamhöcker schmackhaft zuzubereiten, musterten sich der Schwarze und die Rothhaut mit einem Erstaunen, das sich in lauten Ausrufen kundgab.

Der Neger lachte wie toll, während er den seltsamen Schmuck des Indianers betrachtete, dessen Gesicht mit vier verschiedenen Farben bemalt war und dessen Tracht dem wackerem Quoniam, der wie gesagt, noch nie einen Indianer gesehen hatte, ganz absonderlich vorkam.

Der Indianer äußerte sein Erstaunen auf andere Weise. Nachdem er den Neger lange Zeit stumm betrachtet hatte, trat er näher, faßte einen Arm Quoniam's und fing an, denselben mit seinem Bisammantel aus Leibeskräften zu reiben.

Der Neger ließ sich anfangs die Behandlung des Indianers geduldig gefallen, wurde aber schließlich ungeduldig und strengte sich vergebens an, sich frei zu machen; der Häuptling hielt ihn fest und ließ sich in seiner seltsamen Arbeit nicht stören. Der Neger, welchem das fortwährende Reiben nicht nur lästig war, sondern auch Schmerz verursachte, fing an, furchtbar zu schreien und machte die verzweifeltsten Anstrengungen, um sich den Händen seines kaltblütigen Henkers zu entziehen.

Das Geschrei Quoniam's erregte die Aufmerksamkeit Ruhig's; derselbe eilte ungesäumt herbei und befreite den geängsteten Neger, der rechts und links sprang und schrie, als ob er am Spieße stäke.

„Warum quält mein Bruder jenen Mann so sehr?" fragte der Canadier dazwischen tretend.

„Ich?" entgegnete der Häuptling verwundert; „ich quäle ihn nicht, da aber seine Verkleidung überflüssig ist will ich ihm dieselbe abnehmen."

„Was sagt Ihr? Meine Verkleidung?" sagte Quoniam entrüstet.

Ruhig gebot ihm durch einen Wink Schweigen.

„Der Mann ist nicht verkleidet," fuhr er fort.

„Warum hat er sich den ganzen Leib bemalt?"

fuhr der Häuptling hartnäckig fort, „die Krieger bemalen sich nur das Gesicht."

Der Jäger konnte sich des lauten Lachens nicht erwehren.

„Mein Bruder irrt sich," sagte er, nachdem er sich wieder gefaßt hatte; „der Mann gehört einer besonderen Menschenrace an; der Wacondah hat ihm eine schwarze Haut gegeben, wie er Euch eine rothe, und mir eine weiße gegeben hat. Alle Brüder jenes Mannes sind von der gleichen Farbe; der große Geist hat es so angeordnet, damit sie nicht mit den Stämmen der Rothhäute und mit den Bleichgesichtern verwechselt werden; mein Bruder betrachte seinen Bisammantel, so wird er sehen, daß sich keine Spur schwarzer Farbe an demselben zeigt."

„Uah!" sagte der Indianer und senkte den Kopf, als denke er über ein unlösbares Problem nach, „der Wacondah kann Alles!"

Unwillkürlich gehorchte er der Weisung des Jägers und warf einen zerstreuten Blick auf seinen Mantel, den er noch in der Hand hielt.

„Nun," fuhr Ruhig fort, „bitte ich Euch, Häuptling, den Mann wie einen Freund zu betrachten und ihm ebenso zu begegnen, wie Ihr mir selbst begegnen würdet, ich werde es Euch den größten Dank wissen."

Der Häuptling verneigte sich anmuthig, reichte dem Neger die Hand und sagte:

„Die Worte meines Bruders klingen meinem

Ohre so süß, wie der Gesang des Centonztle. Wahrush-a-menec (der Schwarze Hirsch) ist ein Sachem bei seinem Volke, seine Zunge ist nicht gespalten und die Worte, welche sein Mund spricht, sind klar, denn sie kommen aus seinem Herzen; das Schwarzgesicht soll einen Platz am Berathungsfeuer der Pawnee's erhalten, denn von dem Augenblicke an ist er der Freund des Häuptlings."

Quoniam grüßte den Indianer und erwiederte seinen Händedruck warm.

„Ich bin zwar nur ein armer Schwarzer," sagte er, „doch ist das Blut in meinen Adern ebenso roth, wie das der Indianer und der Weißen und wenn Einer von Euch fordert, daß ich mein Leben für ihn opfere, so werde ich es mit Freuden thun."

Nachdem sie sich auf solche Weise gegenseitig ihrer Freundschaft versichert hatten, ließen sich die drei Männer auf der Erde nieder und frühstückten mit gutem Appetit.

Die Erlebnisse des Morgens hatten die Eßlust der Abenteurer gesteigert und sie sprachen dem Bisamhöcker so wacker zu, daß sie denselben fast vollständig aufzehrten, dazu tranken sie Wasser, welches sie mit etwas Rum, den Ruhig in seiner Feldflasche bei sich führte, vermischten.

Nach beendeter Mahlzeit zündete man die Pfeifen an und sie überließen sich schweigend und mit jenem Ernste der den Bewohnern des Waldes eigen ist, dem Genusse des Rauchens.

Als die Pfeife des Häuptlings ausgegangen war, schüttelte er die Asche derselben über dem Daumen der linken Hand aus, steckte das Pfeifenrohr wieder in den Gürtel, wandte sich dann zu Ruhig und sagte:

„Wollen sich meine Brüder berathen?"

„Ja," antwortete der Canadier, „als ich Euch am oberen Missouri gegen Ende des Mondes Mikini-Quisis (Monat der verbrannten Früchte, Juli) verließ, habt Ihr mir an dem Vorsprunge der abgestorbenen Steineichen eine Zusammenkunft versprochen und zwar zum zehnten September, des Mondes Inaqui-Quisis (Monat der fallenden Blätter, September) am Elensflusse zwei Stunden vor Aufgang der Sonne und wir haben Beide pünktlich Wort gehalten; ich warte jetzt darauf, daß Ihr mir erklärt, Häuptling, warum Ihr mich her beschieden habt."

„Mein Bruder hat Recht, der Schwarze Hirsch wird reden."

Nachdem der Indianer also gesprochen, schien sich seine Miene zu verfinstern und er vertiefte sich in seine Gedanken, während seine Gefährten geduldig erwarteten, bis es ihm gefalle, zu reden.

Nach ungefähr einer Viertel Stunde strich sich der Häuptling wiederholt mit der Hand über die Stirn, erhob den Kopf, blickte sich forschend um und entschloß sich endlich, zu reden, aber mit leiser, gedämpfter Stimme, als ob er inmitten der Wildniß gefürchtet hätte, daß ihn ein Unberufener belauschen könne.

„Mein Bruder, der Jäger kennt mich von Kindheit auf, indem ihn die Sachem meines Volkes erzogen haben, ich brauche daher von mir nicht zu sprechen. Der große, bleiche Jäger trägt das Herz eines Indianers im Busen; der Schwarze Hirsch wird zu ihm reden wie ein Bruder zum anderen. Vor drei Monden jagte der Häuptling den Dammhirsch und das Elenthier mit seinem Freunde in den Pratrien des Missouri, als ein Pawnee=Krieger mit verhängtem Zügel herbeikam, den Häuptling bei Seite zog und sich Stundenlang heimlich mit ihm besprach. Kann sich mein Bruder darauf besinnen?"

„Vollkommen, Häuptling; ich besinne mich, daß der Blaue Fuchs, denn so nannte sich der Pawnee=Krieger, sich ebenso schnell, wie er gekommen war, wieder entfernte und daß mein Bruder, der bis dahin heiter und aufgeräumt gewesen war, plötzlich traurig wurde; trotz der Fragen, welche ich an ihn richtete, wollte mir mein Bruder den Grund seiner Verstimmung nicht nennen und am anderen Morgen verließ er mich, nachdem er mir eine Zusammenkunft für heute bestimmt hatte."

„Ja," entgegnete der Indianer, „das ist der genaue Verlauf der Sache und ich will meinem Bruder heute mittheilen, was ich ihm damals nicht sagen konnte."

„Meine Ohren stehen offen," antwortete der Jäger

mit einer Verbeugung; "leider fürchte ich, daß mir mein Bruder nur schlimme Nachrichten mitzutheilen hat.

"Mein Bruder soll selbst urtheilen," antwortete der Häuptling. Der Blaue Fuchs hat mir Folgendes mitgetheilt. Eines Tages ist ein Bleichgesicht der langen Messer des Westens in Begleitung von ungefähr dreißig bleichen Kriegern, mehrerer Frauen und großer, mit rothen Bisam ohne Höcker und Mähne bespannten Medicinhäusern an die Ufer des Flusses Elk gekommen, in geringer Entfernung erhob sich das Dorf der Schlangen — Pawnee's. Jenes Bleichgesicht machte ungefähr zwei Pfeilschüsse von dem Dorfe meines Volkes Halt, zündete am jenseitigen Ufer Feuer an und schlug sein Lager auf. Mein Vater war, wie mein Bruder weiß, der erste Sachem seines Volkes; er schwang sich auf's Pferd, setzte in Begleitung seiner Krieger über den Fluß und trat vor den Fremden in der Absicht, ihn auf dem Jagdgebiete unseres Volkes willkommen zu heißen, und ihm die Erfrischungen anzubieten, deren er vielleicht bedurfte."

"Jenes Bleichgesicht war ein hochgewachsener Mann mit harten, scharf geschnittenen Zügen. Der Schnee mehrerer Winter hatte sein Haar gebleicht. Bei den Worten meines Vaters lachte er und fragte: "Seid Ihr der Häuptling der Rothhäute, die in jenem Dorfe wohnen?" — "Ja," sagte mein Vater. Da zog das Bleichgesicht ein großes Wampum aus seinen Kleidern, das mit seltsamen Figuren bedeckt war, zeigte es meinem

Vater und sagte: „Euer großer, bleicher Vater in den Vereinigten Staaten hat mir das Eigenthumsrecht über den ganzen Landstrich verliehen, der sich vom Antilopenfalle bis zum Bisamsee erstreckt; hier," fügte er hinzu, indem er mit dem Rücken der Hand auf den Wampum schlug, „hier ist mein Recht verzeichnet."

„Mein Vater und die Krieger, welche ihn begleiteten, lachten."

„Unser großer, bleicher Vater, antwortete er, kann nur vergeben, was ihm gehört. Das Gebiet, von welchem Ihr sprecht bildet seit der Zeit, wo die große Schildkröte aus dem Schooße des Meeres gestiegen ist, um die Welt auf ihrer Schaale zu tragen, das Jagdgebiet meines Volkes."

„Ich verstehe nicht, was Ihr da sagt, antwortete das Bleichgesicht, ich weiß nur, daß dieses Land mir gegeben worden ist und wenn Ihr nicht dareinwilligt, es zu verlassen und es mir zum freien Gebrauche zu übergeben, werde ich Euch dazu zwingen."

„Ja," fiel ihm Ruhig in's Wort, „das ist die Art jener Leute, „sie wissen kein anderes Mittel, als Raub und Mord."

„Mein Vater entfernte sich, über die Drohung betroffen," fuhr der Indianer fort; „die Krieger griffen ungesäumt zu den Waffen, die Frauen brachte man in einer Höhle unter und der ganze Stamm schickte sich an, Widerstand zu leisten. Am anderen Tage setzten die Bleichgesichter über den Fluß und griffen das Dorf an. Der Kampf war lang und heiß; er dauerte volle zwei Sonnen; was konnten aber arme Indianer, gegen Bleichgesichter ausrichten, die mit Rifles bewaffnet waren? Sie wurden besiegt und gezwungen zu flüchten; zwei Stunden später war das Dorf eingeäschert und die Gebeine der Vorfahren den Winden Preis gegeben. Mein Vater war in der Schlacht gefallen."

„Ach!" rief der Canadier schmerzbewegt aus.

„Das ist noch nicht Alles," fuhr der Häuptling fort; „die Bleichgesichter entdeckten die Höhle, in welche sich die Frauen des Stammes geflüchtet hatten und sie wurden. Alle bis auf zehn bis zwölf, welche mit ihren Papous (Kinder) entkamen, mit der größten Kaltblütigkeit und der ausgesuchtesten Grausamkeit umgebracht."

Nachdem der Häuptling also gesprochen, verdeckte er sein Gesicht mit seinem Bisammantel und seine Gefährten vernahmen das Schluchzen, was er vergebens zu unterdrücken suchte.

„Das sind die Nachrichten, die mir der Blaue Fuchs hinterbracht hat," fuhr er nach einiger Zeit, fort: „Mein Vater war in den Armen desselben verschieden, nachdem er mir seine Rache als Erbtheil hinterlassen; meine Brüder wurden von ihren grausamen Feinden wie wilde Thiere gehetzt und waren gezwungen, sich in die Tiefe der undurchdringlichsten Wälder zu flüchten, sie haben mich jetzt zu ihrem Häuptling erwählt. Ich übernahm das Amt und ließ die Krieger meines Volkes schwören, sich an den Bleichgesichtern zu rächen, die sich unseres Dorfes bemächtigt haben und sie das Unrecht entgelten zu lassen, was sie unseren Brüdern zugefügt haben. Seit unserer Trennung habe ich keine Zeit versäumt die Werkzeuge der Rache zusammen zu bringen. Heute sind wir bereit. Die Bleichgesichter wiegen sich in trügerischer Sicherheit, ihr Erwachen soll furchtbar sein. Wird mich mein Bruder begleiten?"

„Ja, auf jeden Fall! Ich werde Euch begleiten, Häuptling und Euch mit allen meinen Kräften helfen," antwortete Ruhig, „denn Eure Sache ist gerecht. Aber ich stelle eine Bedingung."

„Mein Bruder rede."

„Zwar lautet das Gesetz der Prairie Aug' um Auge, Zahn um Zahn, Ihr könnt Euch aber rächen, ohne Euren Sieg durch nutzlose Grausamkeiten zu entehren, folgt nicht dem Beispiele, was man Euch gegeben hat, seid menschlich, Häuptling, so wird Euch der große Geist entgegenlächeln und Eure Anstrengungen unterstützen."

„Der Schwarze Hirsch ist nicht grausam, das überläßt er den Bleichgesichtern, er will nur Gerechtigkeit."

„Was Ihr da sagt, ist rechtschaffen, Häuptling, und ich freue mich Euch so reden zu hören, habt Ihr aber Eure Maßregeln wohl berechnet und reichen Eure Kräfte aus, den Erfolg zu sichern? Ihr wißt, daß di Bleichgesichter zahlreich sind und keine Feindseligkeit ungerächt lassen; Ihr müßt Euch auf alle Fälle auf ein entsetzliches Strafgericht gefaßt machen."

Der Indianer lächelte verächtlich.

„Die großen Messer des Westens sind Hunde und furchtsame Kaninchen. Die Weiber der Pawnee's werden ihnen Unterröcke geben; der Schwarze Hirsch wird sich mit seinem Stamme auf den großen Prairien der Comanchen niederlassen von welchen sie einen brüderlichen Empfang erwarten dürfen, und die Bleichgesichter des Westens werden sie nicht zu finden wissen."

„Das ist nicht übel ausgedacht, Häuptling, aber habt Ihr, seitdem Ihr aus Eurem Dorfe vertrieben wurdet, nicht Spione bei den Amerikanern unterhalten, welche Euch von Allem was dieselben thun unterrichten? Das war für das Gelingen Eurer späteren Pläne wesentlich."

Der Schwarze Hirsch lächelte ohne zu antworten, woraus der Kandier schloß, daß die Rothhaut mit jener Klugheit und Beharrlichkeit, welche den Menschen seiner Race eigen ist, alle Maßregeln getroffen hatte, welche das Gelingen des Handstreiches sichern konnten, die er gegen die neuen Ansiedler unternehmen wollte.

Ruhig war in Folge der indianischen Erziehung, die er genossen und wegen des angeerbten Hasses gegen die Angelsachsen, vollkommen bereit dem Pawnee-Häuptling behülflich zu sein, sich an den Nordamerikanern glänzend zu rächen, doch wollte er, mit dem gesunden Urtheile, das ihn auszeichnete, die Indianer verhindern, jene haarsträubenden Greuelthaten zu begehen, zu welchen sie sich im ersten Rausche des gewonnenen Sieges nur zu häufig hinreißen lassen. Sein Entschluß sollte einen

doppelten Zweck fördern, erstlich den Sieg seiner Freunde,
wenn irgend möglich zu sichern, zweitens, sich seines
Einflusses auf sie zu bedienen um sie nach beendeter
Schlacht im Zaume zu erhalten, und sie zu verhindern
ihre Wuth an den Besiegten, namentlich an den Weibern
und Kindern auszulassen.

Er machte dem Schwarzen Hirsch kein Geheimniß
aus seiner Absicht, denn, wie wir gesehen haben, machte
er es zur besonderen Bedingung seiner Mitwirkung,
welche sicherlich nicht zu verachten war, daß die In=
dianer keine unnöthige Grausamkeit begehen sollten.

Quoniam seinerseits machte weniger Umstände;
als ein geborener Feind der Weißen, namentlich der
Nordamerikaner, ergriff er bereitwillig eine Gelegenheit,
ihnen möglichst viel Schaden zuzufügen, um sich für
die schlechte Behandlung zu rächen, welche er erduldet
hatte, ohne daß er sich die Mühe genommen hätte zu
überlegen, daß die Leute, gegen welche er zu Felde
ziehen sollte, unschuldig an dem Unrechte wären, welches
er erlitten hatte. Der Umstand, daß es Nordamerikaner
waren, genügte nun in den Augen des rachsüchtigen
Negers das Benehmen zu rechtfertigen, welches er sich,
wenn der Augenblick gekommen sein würde, vorgenom=
men hatte, zu beobachten.

Nach wenigen Augenblicken ergriff der Canadier
wieder das Wort.

„Wo sind Eure Krieger?" fragte er den Häuptling.

„Ich habe sie in einer Entfernung von drei

Sonnenmärschen von hier zurückgelassen; wenn mein Bruder hier nichts mehr zu thun hat, wollen wir sofort aufbrechen und sie aufsuchen, denn meine Krieger erwarten meine Rückkehr mit Ungeduld."

„Nun, so wollen wir aufbrechen," sagte der Canadier, „der Tag ist noch nicht sehr weit vorgerückt und wir brauchen nicht wie alte schwatzhafte Weiber hier zu sitzen und zu plaudern."

Die drei Männer standen auf, schnallten ihre Gürtel fest, warfen den Rifle über die Achsel und verfolgten rüstig den Weg, welchen die Manada durch den Wald gebrochen hatte und waren bald verschwunden.

Sechstes Kapitel.

Die Conceſſion.

Wir werden unſere drei Reiſenden eine Zeit lang verlaſſen um uns, indem wir uns des Vorrechtes des Erzählers bedienen, in ein fruchtbares, grünes Thal des oberen Miſſouri zu begeben. Jener majeſtätiſche Fluß mit dem klaren, durchſichtigen Gewäſſer an deſſen Ufern ſich gegenwärtig ſo viele blühende Städte und Dörfer erheben und den die prachtvollen amerikaniſchen Dampfer nach allen Richtungen durchkreuzen, war zu der Zeit, wo unſere Erzählung ſpielt, noch faſt ganz unbekannt und nur die dichten unermeßlichen Urwälder, die ſich an demſelben hinzogen, ſpiegelten ſich in ſeinen ſtolzen Fluthen.

Am Ende einer Gabel, welche zwei ziemlich bedeutende Nebenflüſſe des Miſſouri bilden, breitet ſich ein geräumiges Thal aus, das von der einen Seite durch hohe, ſteile Berge von der anderen durch eine lange Kette bewaldeter Hügel eingeſchloſſen iſt.

Jenes Thal war beinahe vollſtändig mit dichten, wildreichen Waldungen bewachſen und diente den

Pawnee-Indianern als Lieblingssammelplatz. Ein zahlreicher Stamm derselben, nämlich die Schlangen-Indianer hatten an der Spitze der Gabel ihren bleibenden Aufenthalt genommen, um ihre Lieblingsjagdrevier in größerer Nähe zu haben. Das Dorf der Indianer war ziemlich bedeutend, dasselbe zählte ungefähr dreihundert und fünfzig Feuer, was für die Rothhäute eine ungeheure Zahl ist, weil sie es in der Regel nicht lieben, sich in sehr großer Anzahl bei einander niederzulassen, aus Furcht, Hunger leiden zu müssen. Die Lage des Dorfes war aber so günstig, daß die Indianer dieses Mal von ihrer Gewohnheit abgegangen waren. In der That bot von der einen Seite der Wald mehr Wild, als sie zu verzehren vermochten, während ihnen auf der anderen Seite der Fluß schmackhafte Fische im Ueberflusse lieferte und die in der Nähe gelegenen Prairien mit ihrem dichten, hohen Grase treffliche Weiden für die Pferde boten. Die Schlangen-Pawnee's hatten sich bereits seit mehreren hundert Jahren in jenem glückseligen Thale bleibend niedergelassen, denn in Folge der von allen Seiten geschützten Lage desselben herrschte dort ein mildes Klima und die großen atmosphärischen Kämpfe, welche in den höher gelegenen amerikanischen Ländern herrschen, suchten das Thal nicht heim. Die Indianer lebten dort ruhig und unbekannt, widmeten sich der Jagd und dem Fischfange und sandten alljährlich eine kleine Anzahl junger Leute unter der Führung der berühmtesten Häuptlinge des Volkes zu Kriegszügen aus.

Plötzlich war jenes friedliche Leben für immer gestört worden; die Flamme und das Schwert hatte das Thal wie mit einem Leichentuche überzogen; das Dorf war von Grund aus zerstört und die Bewohner desselben erbarmungslos niedergemetzelt worden.

Die Nordamerikaner hatten endlich Kunde von jenem versteckten Paradiese erhalten und bezeichneten wie gewöhnlich ihre Nähe und Besitzergreifung jenes Winkelchens Erde, was sie noch nicht kannten, durch Raub, Mord und Diebstahl.

Wir wollen hier die Erzählung des Schwarzen Hirsches nicht wiederholen, sondern begnügen uns zu versichern, daß dieselbe durchaus wahr und statt durch Uebertreibungen erschütternder und düsterer gemacht worden zu sein, vom Häuptlinge im Gegentheil mit ungewöhnlicher Unpartheilichkeit und Gerechtigkeit noch gemildert wurde.

Wir wollen ungefähr drei Monate nach der unheilvollen Ankunft der Amerikaner in jenes Thal dringen und mit wenigen Worten schildern, auf welche Weise sich dieselben auf dem Gebiete niedergelassen hatten, von welchem sie die rechtmäßigen Besitzer so grausam vertrieben.

Kaum waren die Amerikaner unumschränkte Herren des Bodens, als sie anfingen, eine Niederlassung zu gründen.

Die Regierung der Vereinigten Staaten hatte vor dreißig Jahren die, wahrscheinlich noch bestehende Gewohnheit, die Dienste ihrer alten Officiere dadurch zu belohnen, daß sie ihnen Concessionen auf Grundstücke verliehen, die an den Grenzen der Republik lagen und von Indianern am Meisten bedroht wurden. Auf solche Weise erreichte man einen doppelten Vortheil, indem man das amerikanische Gebiet allmählig erweiterte, die Rothhäute immer mehr in die Wildniß zurückdrängte und alte, wackere Soldaten, welche während des größten Theiles ihres Lebens ihr Blut großmüthig für das Vaterland vergossen hatten, auf ihre alten Tage nicht dem Elende Preis zu geben brauchte.

Der Capitain James Watt war der Sohn eines Officiers, der sich während des Befreiungskrieges ausgezeichnet hatte; der Oberst Lionel Watt war Ordonnanz-Officier Washington's gewesen und hatte an der Seite jenes berühmten Gründers der amerikanischen Republik allen Schlachten gegen die Engländer beigewohnt. Da er bei der Belagerung Bostons schwer verwundet worden, mußte er zu seinem großen Leidwesen in das Privatleben zurücktreten, doch schickte er mit unveränderter Treue seinen Sohn James, sobald er das zwanzigste Jahr erreicht hatte, in die Reihen der Vaterlandsvertheidiger.

Zu der Zeit, wo wir James Watt unserem Leser vorführen, war es ein Mann von ungefähr fünfundvierzig Jahren, obwohl er in Folge des beschwerlichen Waffenhandwerkes und der in seiner Jugend erlittenen Strapazen fast zehn Jahr älter schien.

Seine Gestalt maß fünf Fuß acht Zoll und er war stark, knochig, breitschultrig, hager und nervig gebaut und besaß eine unverwüstliche Gesundheit; seine harten Züge sprachen entschlossenen Willen und jene Sorglosigkeit aus, welche Denjenigen eigen ist, deren Leben nur eine Kette überstandener Gefahren gewesen. Sein kurzes, graugemischtes Haar, seine schwarzen, stechenden Augen, sein wohlgebildeter Mund, dessen schmale Lippen aber einen Ausdruck unbeugsamer Strenge zeigten und seine gebräunte Haut, verliehen ihm eine gewisse Würde.

Der Capitain Watt war seit zwei Jahren mit einem jungen, liebenswürdigen Mädchen verheirathet und war Vater zweier Kinder, eines Knaben und eines Mädchens.

Fanny, so hieß seine Frau, war eine entfernte Verwandte von ihm. Sie war brünett und hatte die reizendsten blauen Augen, welche Sanftmuth und Bescheidenheit aussprachen. Obwohl Fanny erst zweiundzwanzig Jahre alt, mithin bedeutend jünger war, wie ihr Mann, liebte sie ihn doch eben so aufrichtig als herzlich.

Sobald der alte Soldat Vater geworden war und die süßen Freuden des Familienlebens kennen gelernt hatte, ging eine Verwandlung mit ihm vor, indem ihm der Soldatendienst plötzlich zuwider wurde und er sich nach nichts sehnte, als nach den Freuden des häuslichen Heerdes.

James Watt war einer jener Menschen, welche die ein Mal gefaßten Ideen rasch verwirklichen. Sobald er daher anfing des Dienstes überdrüssig zu werden, nahm er trotz aller Vorstellungen und Einwendungen seiner Freunde den Abschied.

Obwohl der Kapitain in's Privatleben zurückzukehren wünschte, war er doch keineswegs gesonnen, den Soldatenrock gegen die Tracht des friedlichen Städters zu vertauschen. Das einförmige Leben in den Städten der Union hatte für einen alten Soldaten, für welchen Bewegung und Aufregung gewissermaßen Bedürfniß war, wenig Reiz.

Nach reiflicher Ueberlegung schlug er daher eine Mittelstraße ein, auf welcher er, seiner Ansicht nach, dem gar zu einfachen und ruhigen Leben des Bürgers entgehen würde.

Er beschloß nämlich um eine Concession an der indianischen Grenze nachzusuchen, dieselbe mit seinen Tagelöhnern und Dienern anzubauen, und ein thätiges, glückliches Leben dort zu führen, wie ein Lehnsherr des Mittelalters unter seinen Vasallen.

Eine solche Existenz erschien dem Kapitän um so wünschenswerther, als er auf solche Weise gewissermaßen fortfuhr, seinem Lande thätig zu dienen, indem er den Grund legte für künftiges Gedeihen und die ersten Strahlen der Civilisation in einem Lande leuchten ließ, was den Greueln der Barbarei noch vollständig Preis gegeben war.

Der Capitain war mit seiner Compagnie lange Zeit damit beschäftigt gewesen, die Grenzen der Union

gegen die fortwährenden Ueberfälle der Indianer zu
vertheidigen; er besaß daher eine zwar oberflächliche,
aber hinreichende Kenntniß der indianischen Sitten und
der Mittel, welche man anwenden muß, um von den
unruhigen Nachbaren nicht belästigt zu werden.

Im Laufe der zahlreichen Streifzüge, welche er im
Dienste der Union unternehmen mußte, hatte der Capitain
manche fruchtbare Triften besucht, manche Landstriche
kennen gelernt, deren Lage ihm gefiel, doch prägte sich
eine Gegend vorzugsweise seinem Gedächtnisse ein, es
war nämlich ein reizendes Thal, welches er einst so
flüchtig gesehen, daß es ihm wie ein Traum vorkam
als er in Begleitung eines Waldläufers auf die Jagd
gezogen war. Während des dreiwöchentlichen Jagens
war er allmählig weiter vorgedrungen, als je ein
civilisirter Mensch vor ihm.

Obwohl seit jener Zeit über zwanzig Jahre ver=
strichen waren, entsann er sich jenes Thales so deutlich,
als ob er es erst am gestrigen Tage verlassen hätte, und
das Bild desselben stand bis in die kleinsten Einzeln=
heiten vor seinem geistigen Auge.

Die Treue, mit welcher ihm sein Gedächtniß fort=
während jenes Thal zurückrief, hatte einen solchen Ein=
druck auf seine Phantasie gemacht, daß er, als er be=
schloß, den Dienst zu verlassen und um eine Concession
nachzusuchen, entschieden war, sich nirgends anderes hin=
zuwenden, als in jenes Thal.

James Watt hatte unter den Beamteten der Prä=

sidentschaft zahlreiche Gönner, überdies sprachen sowohl seine, als die Dienste seines Vaters laut genug zu seinen Gunsten, es verursachte ihm daher keinerlei Schwierigkeit, die gewünschte Concession zu erlangen.

Man legte ihm mehrere Pläne vor, welche die Regierung im Voraus hatte aufnehmen und vervielfältigen lassen, und forderte ihn auf, das Gebiet zu wählen, was ihm zusagen würde.

Die Wahl des Capitains war aber bereits vor langer Zeit getroffen; er schob die vorgelegten Pläne bei Seite, zog ein großes Stück gegerbtes Eberfell aus der Tasche, rollte es aus einander und zeigte dem Regierungscommissar die darauf verzeichneten Concessionen, indem er zugleich den Landstrich andeutete, welchen er zu haben wünschte.

Der Commissar runzelte die Stirne; er war ein Freund des Capitains, und konnte sich einer Geberde des Schreckens nicht erwehren, als er hörte, was Jener verlangte.

Jene Concession lag in Mitten des indianischen Gebietes, und war mehr als vierhundert Meilen von der amerikanischen Grenze entfernt. Der Capitain bestand auf einer Unmöglichkeit, er mußte seinem sicheren Tode entgegengehen, denn er würde nicht im Stande sein, sich gegen die kriegerischen Stämme zu behaupten, welche ihn umringten. Es würde kein Monat vergehen, bis er nebst seiner Familie und den Dienern, die thöricht genug waren, ihn zu begleiten, unbarmherzig abgeschlachtet sein würde.

Der Capitain beantwortete alle Vorstellungen, welche ihm sein Freund machte, nur mit einem Kopfschütteln und dem entschlossenen Lächeln derjenigen, welche einen unwiderruflichen Entschluß gefaßt haben.

Da sich der Commissar aus dem Felde geschlagen sah, und alle seine Gründe erschöpft hatte, sagte er endlich, daß es unmöglich sei, ihm die gewünschte Concession zu ertheilen, indem jener Landstrich den Indianern gehöre, und einer ihrer Stämme überdies, seit urvordenklichen Zeiten ein Dorf daselbst gegründet habe.

Der Beamtete hatte sich jenen Einwand bis zuletzt aufgespart, in der festen Ueberzeugung, daß der Capitain darauf nichts würde zu erwidern wissen, und seinen Plan entweder aufgeben oder umändern werde.

Er irrte sich; der würdige Commissar kannte den Charakter seines Freundes nicht so gut wie er meinte.

Ohne auf den triumphirenden Ton zu achten, mit welchem ihn der Beamtete seinen letzten Einwand vortrug, zog er kaltblütig ein zweites Stück gegerbtes Eberfell aus der Tasche und legte es seinem Freunde ohne ein Wort zu sagen, vor.

Letzterer griff darnach, indem er ihn fragend anblickte; der Capitain nickte ihm, es in Augenschein zu nehmen.

Der Commissar rollte das Leder langsam auf; denn er ahnte, nach der entschiedenen Art des alten

Soldaten zu schließen, daß dasselbe eine entscheidende Entgegnung enthalte.

In der That warf er die Rolle, nachdem er den Inhalt derselben flüchtig betrachtet hatte, mit heftiger Geberde auf den Tisch.

Jenes Eberfell enthielt den Kaufbrief des Thales und des ganzen umgebenden Gebietes, der von Itschaiche oder Affengesicht, einem der ersten Sachem, der Schlangen-Pawnee's ausgestellt war, und zwar in seinem und im Namen mehrerer anderer Häuptlinge, gegen eine Entschädigung von fünfzig Flinten, vierzehn Dutzend Sclapmesser, sechszig Pfund Pulver, sechszig Pfund Kugeln, zwei Fäßchen Wisky und dreiundzwanzig vollständige Landwehr-Uniformen.

Jeder Häuptling hatte seine Hieroglyphe unter jenes Dokument gesetzt, und Affengesicht hatte sich zuerst unterzeichnet.

Wir bemerken hier gleich, daß jene Akte gefälscht war, denn der Capitain war bei der Gelegenheit von Affengesicht vollständig hintergangen worden.

Jener Häuptling, der wegen mehrerer Thaten, die wir zu gelegener Zeit ausführlicher berichten werden, aus dem Stamme der Schlangen-Pawnee's verwiesen worden war, hatte den Kaufbrief in der Absicht fabrizirt, erstlich den Capitain zu bestehlen und zweitens, um sich an seinen Landsleuten zu rächen, denn er wußte recht gut, daß sich der Capitain, sobald er die Erlaubniß der Regierung erhalten habe, nicht scheuen werde, sich des

Thales zu bemächtigen, welches auch die Folgen eines solchen Raubes wären. Der Capitain verlangte nichts weiter, als daß ihm Affengesicht als Führer diene, wozu sich Letzterer auch gern verstanden hatte.

Angesichts des vor ihm liegenden Kaufbriefes mußte sich der Commissar für besiegt erklären und sah sich gezwungen, dem Capitain die Erlaubniß, auf welcher er so hartnäckig bestand, widerstrebend zu ertheilen.

Nachdem alle Schriftstücke gebührend eingetragen, unterschrieben und mit dem großen Siegel versehen worden waren, traf der Capitain ungesäumt alle Vorbereitungen zur Abreise.

Mrs. Watt liebte ihren Mann zu innig, um sich der Ausführung seines Planes zu widersetzen. Sie war selbst auf einer Niederlassung an der indianischen Grenze erzogen worden, und hatte sich allmählig an den Anblick der Indianer dergestalt gewöhnt, daß sie dieselben nicht mehr fürchtete. Sie fragte übrigens wenig darnach, an welchem Orte sie lebte, wenn sie nur ihren Mann bei sich haben konnte.

Da der Capitain wegen seiner Frau daher keine Besorgniß hegte, ging er mit jener fieberhaften Thätigkeit an's Werk, die ihm eigen war.

Amerika ist das Land der Wunder, denn es ist vielleicht das einzige der Welt, wo es möglich ist, von einem Tage zum andern Menschen und Werkzeuge aufzutreiben, deren man zur Ausführung der tollsten Pläne bedarf.

Der Capitain überließ sich, wegen den wahrscheinlichen Folgen des gefaßten Entschlusses, nicht der geringsten Illusion, er wollte daher so viel wie möglich allen Ereignissen gewachsen sein und nicht nur seine Frau und seine Kinder, sondern Alle, welche ihn begleiten würden, nach Kräften sicher stellen.

Seine Wahl war übrigens bald entschieden, denn von seinen alten Kameraden, das heißt seinen alten Soldaten, waren die meisten gern bereit, ihm zu folgen, unter anderen ein alter Sergeant, Namens Walters Bothrel, der fast fünfzehn Jahre lang unter ihm gedient hatte und der, sobald er hörte, daß sein Vorgesetzter aus dem Dienste getreten, zu ihm kam und ihm erklärte, daß, da der Capitain seinen Abschied nehme, es unnöthig sei, daß er länger diene, und daß er überzeugt sei, der Capitain werde ihm die Gunst gewähren, ihm zu erlauben, ihn zu begleiten.

Der Capitain nahm das Anerbieten Bothrel's mit Freuden an, denn er kannte seinen Sergeanten gut genug, und wußte, wie er sich auf seine unerschütterliche Treue und seinen bewährten Muth verlassen könne.

Der Sergeant wurde vom Capitain beauftragt, die Abtheilung Jäger zu organisiren, welche er mit sich nehmen wollte, um sich gegen die Indianer zu vertheidigen für den Fall, daß es ihnen einfiele, seine Colonie anzugreifen.

Bothrel entledigte sich des erhaltenen Auftrages mit gewohnter Umsicht und Gewissenhaftigkeit, und bald hatte er aus der Compagnie des Capitains dreißig entschlossene und bewährte Leute ausgehoben, die es gern zufrieden waren, das Schicksal ihres früheren Vorgesetzten zu theilen, und sich ihm anzuschließen.

Der Capitain hatte seinerseits fünfzehn Arbeiter aller Art, als: Schmiede, Zimmerleute u. s. w. angeworben, welche einen fünfjährigen Contrakt unterzeichneten, nach Verlauf welcher Zeit sie gegen eine geringe Abgabe ein Stück Land von ihrem Herrn erhalten, und sich nebst ihrer Familie bleibend niederlassen sollten. Jene Abgabe sollte ebenfalls nach Ablauf einer gewissen Zeit ganz aufhören.

Nachdem endlich alle Vorbereitungen beendet waren, traten die fünfzig Mann starken Colonisten nebst ohngefähr zwölf Frauen, ihre Reise an, und wanderten ohngefähr Mitte Juni nach der neuen Ansiedelung, gefolgt von einem langen Wagenzuge, der Vorräthe enthielt, und einer zahlreichen Heerde von Thieren jeder Art, welche den Colonisten theils als Nahrung dienen sollten, theils zur Zucht bestimmt waren.

Affengesicht diente der Gesellschaft verabredeter Maßen als Führer. Wir müssen dem Indianer die Gerechtigkeit widerfahren lassen, zu bekennen, daß er sein Amt gewissenhaft erfüllte, und auf einer beschwerlichen, beinahe drei Monate langen Reise durch die von allerhand Raubthieren bewohnten Einöden diejenigen, welche er führte, nicht nur vor den Ueberfällen der herumstreifenden Indianer, sondern vor den meisten Gefahren zu bewahren wußte, die ihnen allenthalben drohten.

Siebentes Kapitel.

Affengesicht.

Wir haben bereits gesehen, auf welche eigenmächtige Weise der Capitän sich des Gebietes bemächtigte, was man ihm überlassen hatte. Wir wollen jetzt näher beschreiben, wie er sich dort eingerichtet und welche Vorsichtsmaßregeln er ergriffen hatte, um von den Indianern, die er so rücksichtslos vertrieben hatte, nicht belästigt zu werden, und die, vermöge des rachsüchtigen Sinnes, den er an ihnen kannte, sich keineswegs als besiegt betrachten und nicht verfehlen würden, sobald wie möglich die erlittene Schmach zu rächen und zu sühnen.

Der Kampf gegen die Indianer war hartnäckig und von langer Dauer gewesen, aber Dank der Fürsorge Affengesichtes, der dem Feinde die schwächsten Punkte des Atepelt oder Dorfes verrathen und wegen der Ueberlegenheit der amerikanischen Schießgewehre, sahen sich die Indianer endlich gezwungen, die Flucht zu ergreifen und den Siegern ihr Hab und Gut zu überlassen.

Die werthlose Beute bestand nur in etlichen Thierfellen und einigen aus groben Thon geformten Gefäßen.

Sobald der Capitain Herr des Schlachtfeldes war, ging er an's Werk und legte den Grundstein der neuen Colonie; er war sich bewußt, wie nothwendig es sei, sich sobald wie möglich vor einem Handstreiche sicher zu stellen.

Die Stätte, wo das Dorf gestanden, wurde von den Trümmern befreit, worauf die Arbeiter anfingen, das Terrain zu planiren und einen kreisförmigen sechs Meter breiten und vier Meter tiefen Graben zu graben, welchen man vermittelst eines Abzugsgrabens von der einen Seite mit dem Nebenflusse des Missouri, von der andern mit dem Missouri in Verbindung brachte. Hinter dem Graben schlug man eine Reihe vier Meter hoher Pfähle in den durch die ausgeworfene Erde entstandenen Wall, welche man mit festen eisernen Klammern untereinander verband, wobei man Sorge trug, die Zwischenräume, welche die Pfähle trennten, möglichst unsichtbar zu machen, indem sie dazu dienen sollten, die Rifles durchstechen und abschießen zu können. In jenem Stackete brachte man eine Thür an, welche breit genug war, um einen Wagen durchzulassen, und die von außen durch eine Zugbrücke mit dem freien Felde verbunden werden konnte. Dieselbe war gut über den Graben geworfen und wurde nach Sonnenuntergang regelmäßig aufgezogen.

Nachdem jene ersten Arbeiten beendet waren, hatte man einen Flächenraum von ohngefähr vier tausend

Meter im Geviert mit Wasser umgeben, und von allen Seiten eingezäunt, außer von der Flußseite, weil die Tiefe und Breite des Missouri hinreichende Sicherheit bot.

Auf jenem, eben beschriebenen, freiem Raume ließ der Capitain die Wohnhäuser und Wirthschafts-Gebäude der Colonie errichten.

Dieselben sollten übrigens, wie es beinahe auf allen jungen Ansiedelungen der Fall ist, nur aus Holz errichtet werden, nämlich aus Baumstämmen, welche ihrer Rinde noch nicht beraubt waren; der kaum hundert Meter von der Colonie gelegene Wald bot Bauholz im Ueberflusse.

Man betrieb die Arbeiten so rüstig, daß bereits zwei Monate nach der Ankunft des Capitains nicht nur alle Gebäude, sondern auch die innere Einrichtung vollständig in Stand war.

Im Mittelpunkte der Colonie hatte man auf einem zu dem Zwecke reservirten Hügel einen achteckigen fünfundzwanzig Meter hohen Thurm mit einem terassenförmigen Dach und drei Stockwerken errichtet. Im Erdgeschosse befand sich die Küche nebst den Wirthschaftsräumen, der erste Stock war für die Familie, nämlich den Capitain, seine Frau, zwei Dienern, Dienerinnen der Kinder, junge, kräftige Kentuckyrinnen mit vollen, rothen Wangen, welche Betzy und Emmy hießen und Mrs. Margareth, die Köchin, eine ehrwürdige Matrone, die bereits im fünfzigsten Jahre stand, obwohl sie sich nur für fünfunddreißig ausgab und noch Anspruch auf Schönheit machte; und schließlich den Serganten Bothrel bestimmt. Jener Thurm war durch eine massive mit Eisen beschlagene Thür verschlossen, in deren Mitte sich ein Schiebefenster befand, aus welchem man die etwaigen Besucher sehen konnte.

Die Wohnung der Jäger war ohngefähr zehn Meter von dem Thurme entfernt und durch einen unterirdischen Gang mit demselben verbunden, sowie das Wohnhaus der Handwerker, der Ochsentreiber und der Feldarbeiter.

An dieselben stießen die Ställe der Pferde und übrigen Thiere.

Hier und da erhoben sich geräumige Schuppen, Werkstätten und Magazine, um die Producte der Colonie aufzubewahren.

Diese verschiedenen Gebäude standen sämmtlich vereinzelt, um bei eintretender Feuersgefahr nicht sämmtliche Baulichkeiten durch den Brand des Einen zu gefährden. Mehrere Brunnen waren in gemessenen Entfernungen gegraben worden, damit alle Theile der Ansiedelung reichlich mit Wasser versehen seien und man nicht gezwungen wäre dasselbe im Flusse zu schöpfen.

Schließlich bemerken wir noch, daß der Capitain als alter, erfahrner Soldat, der mit allen Kriegslisten der Grenze vertraut war, die umfassendsten Vorsichtsmaßregeln ergriffen hatte, um nicht nur einem Angriffe, sondern selbst einem Ueberfalle begegnen zu können.

Seitdem die Nordamerikaner ihre Niederlassung gegründet hatten, waren ungefähr drei Monate vergangen, das sonst unangebaute und bewaldete Thal war bereits zum größten Theile umgepflügt. Die großartigen Feldarbeiten hatten den Rand des Waldes ungefähr zwei Quadrat=Ellen weiter hinausgeschoben. Allenthalben herrschte Gedeihen und Wohlstand an einem Orte, dem die Trägheit der Rothhäute noch vor Kurzem keinen anderen Tribut abforderte, als das geringe Futter, was zum Unterhalte ihrer Thiere unumgänglich nothwendig war.

Im Inneren der Colonie herrschte das regste Leben und Treiben: Während draußen die Viehheerden unter der Obhut etlicher berittener und wohlbewaffneter Hirten weideten und die hundertjährigen Stämme der Bäume unter den emsigen Artschlägen der Holzhauer zu Boden fielen. In allen Werkstätten des Inneren herrschte die größte Thätigkeit. Aus den Schmieden erhoben sich hohe Dampfsäulen, und das Klappern der Hämmer vermischte sich mit dem Knirschen der Sägen. Am Ufer des Flusses erhoben sich hohe Stöße Bretter und Brennholz; mehrere Fahrzeuge lagen angebunden am Ufer und von Zeit zu Zeit hörte man die Schüsse der Jäger im Walde knallen, welche ein Treibjagen hielten, um die Colonie mit Wildpret zu versehen.

Es mochte ungefähr um vier Uhr Nachmittags sein. Der Capitain ritt auf einem prächtigen schwarzen Pferde, dessen Füße weiß gezeichnet waren im Schritt durch die Prairie, welche man eben angefangen hatte, zu bepflügen.

Ein Lächeln inniger Zufriedenheit erheiterte die starren Züge des alten Soldaten, als er die wunderbaren Veränderungen überschaute, die er mit unerschütterlichem Willen und angestrengtem Fleiße in so kurzer Zeit auf einem Winkel Erde bewirkt hatte, der, wie er keinen Augenblick bezweifelte, vermöge seiner Lage berufen war, einen bedeutenden Ruf als Handelsplatz zu erlangen. Eben kehrte er nach der Colonie zurück, als ein Mann hinter einem Haufen übereinander geschichteter Baumwurzeln und Aeste, welche man zum Trocknen dahin gebracht, hervortrat und plötzlich neben ihm stand.

Der Capitain unterdrückte eine Aeußerung des Mißmuthes, als er den Mann erblickte, in welchem er Affengesicht erkannte.

Wir wollen jenen Menschen, der eine ziemlich bedeutende Rolle in unserer Erzählung spielen wird, in wenigen Worten schildern.

Itsichaiche war ein Mann von ungefähr vierzig Jahren von hohem, wohlgebildetem Wuchse; in dem spitzen Gesicht blitzten ein Paar listige Augen; die raubvogelartig gebogene Nase und der breite Mund mit den dünnen, zusammengekniffenen Lippen verlieh ihm einen arglistigen, boshaften Ausdruck, der trotz der unterwürfigen scheinheiligen Dienstfertigkeit seines Wesens und der angenommenen, sanften Stimme alle Diejenigen welche zufällig in Berührung mit ihm kamen, mit einem unüberwindlichen Abscheu erfüllte.

Je öfter man ihn sah, verstärkte sich der erste, ungünstige Eindruck, statt, wie es gewöhnlich geschieht, abzunehmen.

Er hatte sich seines Amtes gewissenhaft und ehrlich entledigt, indem er die Amerikaner wohlbehalten dahin brachte, wohin sie geführt zu werden verlangten. Seit jener Zeit war er aber in der Colonie geblieben in welcher er sich heimisch machte und, ohne daß sich jemand um ihn gekümmert hätte, ungehindert in derselben aus und einging.

Mitunter verschwand er auf mehrere Tage, ohne ein Wort davon zu sagen und kam dann plötzlich wieder zum Vorscheine, ohne daß es gelungen wäre, ihn zu einer Erklärung zu vermögen, ebenso wenig, wie man ergründen konnte, wo er sich unterdessen aufgehalten und was er getrieben habe.

Einer Person besonders verursachte die düstere Physiognomie des Indianers einen geheimen Schrecken und sie konnte sich den unüberwindlichen Widerwillen, welchen er ihr einflößte, auf keine Weise erklären: jene Person war nämlich Mrs. Watt. Die mütterliche Liebe schärft den Verstand. Die junge Frau betete ihre Kinder an und wenn der Indianer die unschuldigen Geschöpfe zuweilen mit gleichgültigen Blicken maß, fühlte sie sich von einem geheimen Schauder erfaßt und beeilte sich ihre Lieblinge aus der Nähe jenes Mannes zu entfernen.

Sie hatte zuweilen versucht, ihrem Manne ihre Befürchtungen mitzutheilen, er antwortete ihr aber nur mit einem bedeutsamen Achselzucken und überließ sich der Hoffnung, daß sich jene Abneigung mit der Zeit verlieren werde. Mrs. Watt beharrte aber mit einer Hartnäckigkeit und einem Eigensinne auf ihrer Meinung, daß man wohl erkennen konnte, daß sie ihre Ansicht über den Punkt nicht ändern werde und der Capitain, der keinen triftigen Grund hatte, einen Mann, für welchen er nicht die geringste Achtung hegte, gegen seine Frau, die er liebte und verehrte, in Schutz zu nehmen, versprach ihr endlich, sie von der Nähe des Verhaßten zu befreien. Da in dem Augenblicke sich der Indianer auf mehrere Tage aus der Colonie entfernt hatte, nahm er sich vor, denselben nach seiner Rückkehr wegen seines seltsamen Benehmens zu Rede zu setzen und wenn er nicht bündig und befriedigend antworte, ihm die Weisung zu geben, daß er ihn in der Colonie nicht mehr leiden wolle und er dieselbe daher ungesäumt und für immer zu meiden habe.

So war der Capitain gegen Affengesicht gestimmt, als ihm derselbe so zufällig und unerwartet entgegentrat.

Sobald der Capitain den Indianer erblickte hielt er sein Pferd an.

„Mein Vater durchforscht das Thal?" fragte ihn der Pawnee.

„Ja," antwortete Jener.

„Ach!" fuhr der Indianer fort, indem er sich

rings umschaute, „es hat sich Alles bedeutend verändert und die Heerden der großen Messer des Westens weiden jetzt auf den Triften, von welchen sie die Schlangen-Pawnee's vertrieben haben."

Der Indianer sprach in einem traurigen, schwermüthigem Tone, der dem Capitain auffiel und ihn besorgt machte.

„Wollt Ihr dadurch Euer Bedauern an den Tag legen, Häuptling?" fragte er ihn; „das würde mir besonders aus Eurem Munde ziemlich seltsam vorkommen, da Ihr mir selbst das Land verkauft habt, welches ich jetzt inne habe."

„Das ist wahr," entgegnete der Indianer kopfnickend; „Affengesicht hat nicht das Recht, sich zu beschweren, denn er hat das Land, in welchem seine Väter ruhen und auf welchem er und seine Brüder so häufig den Elk und den Jaguar gejagt haben, selbst an die Bleichgesichter des Westens verkauft."

„Hört, Häuptling, ihr scheint heute nicht gut aufgelegt zu sein was fehlt Euch? Lagt Ihr etwa heute früh, als Ihr aufwachtet auf der linken Seite?" fügte er mit Beziehung auf einen bei den Indianern sehr verbreiteten Aberglauben hinzu.

„Nein, entgegnete Jener, der Schlaf Affengesichts war frei von bösen Vorbedeutungen und nichts hat den Frieden seines Geistes getrübt."

„Dann wünsche ich Euch Glück, Häuptling."

„Mein Vater wird seinem Sohne Tabak geben,

damit er nach seiner Rückkehr das Friedenscalumet rauchen könne."

„Vielleicht, vorher habe ich Euch aber eine Frage vorzulegen."

„Mein Vater kann reden, die Ohren seines Sohnes stehen offen."

„Wir sind schon lange hier eingerichtet, Häuptling," sagte der Capitain.

„Ja, der vierte Mond fängt bereits an."

„Ihr habt uns seit unserer Ankunft in der That sehr oft verlassen, ohne es uns vorher zu sagen."

„Warum soll ich das? Die Bleichgesichter meinen doch nicht, daß ihnen die Luft und der Raum gehöre und der Pawnee-Krieger ist frei zu gehen, wohin es ihm beliebt. Er war ein berühmter Häuptling bei seinem Stamme."

„Das mag wahr sein, Häuptling und kümmert mich wenig; was mir aber sehr am Herzen liegt, ist die Sicherheit meiner Familie und der Leute die mich begleitet haben."

„Nun," antwortete die Rothhaut, „in wiefern ist die Sicherheit derselben durch Affengesicht gefährdet?"

„Das sollt Ihr gleich hören und achtet wohl auf meine Worte Häuptling, denn was ich zu sagen habe, ist richtig."

„Affengesicht ist nur ein armer Indianer," antwortete die Rothhaut höhnisch, der große Geist hat ihm nicht einen so klaren, scharfen Verstand verliehen, wie den Bleichgesichtern; er wird sich indessen Mühe geben, seinen Vater zu verstehen."

„Ihr seid nicht so einfältig, wie Ihr Euch stellt, Häuptling, und ich bin fest überzeugt, daß Ihr mich vollkommen gut verstehen könnt, wenn Ihr es nur ernstlich wollt."

„Der Häuptling wird es versuchen."

Der Capitain unterdrückte eine Aeußerung der Ungeduld.

„Wir befinden uns hier nicht in einer jener großen, in der Mitte der Union gelegenen Städte, wo das Gesetz den Bürger schützt und die Ruhe desselben sichert. Wir stehen im Gegentheile auf indianischem Gebiete und haben keinen anderen Schutz, als uns selbst. Von allen Seiten umringen uns wachsame Feinde die nur des günstigen Augenblickes harren, uns anzugreifen und wo möglich niederzumetzeln. Es ist daher unsere erste Pflicht mit der größten Sorgfalt über unserer Sicherheit zu wachen, welche durch die kleinste Unvorsichtigkeit gefährdet werden könnte. Begreift Ihr das Häuptling?"

„Ja, mein Vater hat gut gesprochen; sein Kopf ist grau und seine Weisheit groß."

„Ich muß daher," fuhr der Capitain fort, „die Schritte aller Derjenigen sorgfältig überwachen, welche mit der Colonie in näheren, oder entfernteren Beziehungen stehen und wenn mir ihr Benehmen verdächtig erscheint, eine Erklärung fordern, die sie nicht das Recht haben zu verweigern. Nun sehe ich mich aber zu meinem großen Bedauern genöthigt, zu bekennen, daß mir Euer Benehmen, Häuptling, mehr als verdächtig ist, daß mir Eure Lebensweise auffällt und ich Euch hiermit auffordere, mir eine genügende Erklärung zu geben."

Die Rothhaut blieb unbewegt, keine Muskel seines Gesichtes zuckte und der Capitain, der ihn scharf beobachtete, konnte nicht das geringste Merkmal der Aufregung an ihm wahrnehmen. Der Indianer war auf die Frage vorbereitet, welche man ihm vorlegte und im Stande, darauf zu antworten.

„Affengesicht hat seinen Vater und seine Kinder von den großen, steinernen Dörfern der langen Messer des Westens hierher geführt. Hat sich mein Vater über den Häuptling zu beschweren gehabt?"

„Keineswegs, das muß ich bekennen," antwortete der Capitain ehrlich; „Ihr habt Eure Pflicht rechtschaffen gethan."

„Warum ist jetzt das Herz meines Vaters verschlossen, warum hegt er Argwohn gegen einen Mann, dem er, wie er selbst gesteht, nicht den kleinsten Vorwurf zu machen weiß? Besteht darin die Gerechtigkeit der Bleichgesichter?"

„Gehen wir nicht von der Sache ab, Häuptling und verdrehen wir besonders meine Frage nicht, wenn ich bitten darf. Ich würde Euch auf allen Euren indianischen Umschreibungen nicht folgen können. Ich begnüge mich also, Euch einfach zu erklären, daß Ihr, wenn Ihr Euch weigert, mir den Grund Eurer häufigen Abwesenheiten offen zu sagen und mir keinen glaubwürdigen Beweis Eurer Unschuld gebt, den Fuß nicht wieder in das Innere der Colonie setzen und von mir gezwungen werden sollt, das Gebiet, welches ich inne habe, vollständig zu meiden."

Ein gehässiger Blitz leuchtete in dem Auge der Rothhaut auf, er milderte aber augenblicklich den Ausdruck seines Blickes und antwortete im sanftesten Tone:

„Affengesicht ist ein armer Indianer, welchen seine Brüder um der Freundschaft willen, die er den Bleichgesichtern zeigt, ausgestoßen haben, er hoffte bei den großen Messern des Westens wenn auch keine Freundschaft, doch wenigstens Dankbarkeit für geleistete Dienste zu finden; er hat sich getäuscht."

„Darum handelt es sich jetzt gar nicht," entgegnete der Capitain ungeduldig, „wollt Ihr antworten, Ja, oder Nein?"

Der Indianer richtete sich auf und trat dem Capitain so nahe, daß er ihn fast berührte.

„Und wenn ich es verweigere?" sagte er mit trotzigem herausforderndem Blicke.

„Wenn Du es verweigerst, Elender, so verbiete ich Dir, mir je wieder unter die Augen zu treten, und wenn Du es wagst, mir ungehorsam zu sein, so lasse ich Dich mit der Hundepeitsche züchtigen!"

Kaum hatte der Capitain die beleidigenden Worte ausgestoßen, als er es bereute: denn er stand unbe=

waffnet und allein demjenigen gegenüber, welchen er tödtlich beleidigt hatte, er suchte daher seinen Fehler wieder gut zu machen.

„Aber, Affengesicht," fuhr er fort, „ist ein weiser Häuptling, der mir antworten wird, weil er weiß, daß ich ihn liebe."

„Du lügst! Hund von einem Bleichgesichte!" rief der Indianer zähneknirschend aus; „Du hassest mich fast ebenso sehr, wie ich Dich."

Der auf's Aeußerste getriebene Capitain schwang die Reitpeitsche, welche er in der Hand hielt, aber der Indianer sprang mit einem tigerartigen Satze auf das Hintertheil des Pferdes, hob den Capitain aus dem Sattel, warf ihn heftig auf den Boden, faßte dann die Zügel und sagte:

„Die Bleichgesichter sind alte furchtsame Weiber, die Pawnee-Krieger verachten sie und werden ihnen Unterröcke schicken."

Nachdem er diese Worte in unaussprechlich höhnischem Tone hingeworfen, bog sich der Indianer über den Hals des Pferdes, ließ die Zügel schießen, schlug ein schallendes Gelächter auf und sprengte in vollem Laufe davon und kümmerte sich nicht weiter um den in Folge seines Sturzes ganz zerschlagenen Capitain.

James Watt besaß keine so geduldige Gemüthsart, daß er eine solche Behandlung ertragen hätte, ohne den Wunsch zu hegen, sich zu rächen; er stand, so schnell er nur konnte, auf und schrie aus Leibeskräften um die in der Ebene zerstreuten Jäger und Holzhacker herbeizulocken.

Einige von ihnen hatten theilweise gesehen, was geschehen war und eilten schleunig herbei, um dem Capitain zu helfen, ehe sie aber zu ihm gelangten und er ihnen den Vorfall erzählt und sie aufgefordert hatte den Flüchtling heftig zu verfolgen, war Letzterer im Walde verschwunden, nach welchem er mit verhängtem Zügel gejagt war.

Die Jäger eilten unter der Führung des Serganten Bothrel dem Indianer nach und schworen, ihn lebend oder todt zur Stelle zu schaffen.

Der Capitain folgte ihnen mit den Augen so lange er sie sehen konnte und als Einer nach dem Anderen hinter den Bäumen verschwunden war, kehrte er langsam nach der Colonie zurück, indem er den Vorfall bei sich überlegte und sich eines bangen Vorgefühles nicht erwehren konnte.

Eine innere Stimme sagte ihm, daß Affengesicht sehr sicher gewesen sein müsse, straflos davon zu kommen, da er seine gewohnte Vorsicht und Besonnenheit so vollständig aus den Augen gesetzt hatte.

Achtes Kapitel.
Die Kriegserklärung.

Es ist eine ebenso sichere, als unbegreifliche Thatsache die wir selbst im Laufe unserer langen Wanderungen durch Amerika, häufig bestätigt gefunden haben, daß man nämlich mitunter das Vorgefühl eines bevorstehenden Unglücks hat, ohne daß man selbst begreifen kann, wie man dazu kommt. Man fühlt, daß man in Gefahr schwebt, ohne im Stande zu sein, bestimmen zu können, wann und in welcher Gestalt sie eintreten wird. Das Tageslicht scheint sich zu verdunkeln, die Strahlen der Sonne verlieren ihren Glanz und alle Gegenstände rings umher nehmen ein düsteres Ansehen an. Die Luft scheint zu erbeben, kurz Alles nimmt das Gepräge einer unbestimmten gegenstandlosen Angst an.

Obwohl die Befürchtungen des Capitains in Hinsicht auf die Folgen seines Wortwechsels mit dem Pawnee auf keine Weise Bestätigung gefunden hatten empfand am Abende jenes Tages nicht nur er, sondern die ganze Einwohnerschaft der Colonie einen geheimen Schrecken.

Die Glocke hatte sich wie gewöhnlich um sechs Uhr vernehmen lassen, um die Holzhauer und die Vieh-hirten hereinzurufen; Alle waren zurückgekehrt, die Thiere standen in ihren verschiedenen Ställen und dem An-scheine nach schien der Frieden der Colonisten durch nichts gestört werden zu sollen.

Der Sergant Bothrel und seine Gefährten hatten Affengesicht mehrere Stunden lang verfolgt, aber nur das Pferd wiedergefunden, dessen sich der Indianer so keck bemächtigt hatte und welches er wahrscheinlich später zurückgelassen, um seine Spur um so sicherer zu verbergen.

In der Umgebung der Colonie war keine In-dianer-Fährte sehen, indessen hatte der Capitain, der ängstlicher war, als er es gestehen mochte, die Schild-wachen verdoppelt, welche über die allgemeine Sicher-heit wachen sollten und dem Serganten befohlen alle zwei Stunden an der Verschanzung vorüber zu patrouilliren.

Nachdem jene verschiedenen Vorsichtsmaßregeln getroffen, versammelte sich die Familie nebst den Dienern des Hauses im Erdgeschoße des Thurmes, um, wie man es von Anfang an gewöhnt gewesen, den Abend gemeinschaftlich zuzubringen.

Der Capitain saß in seinem großen Lehnstuhle am Feuer, denn die Abende fingen an kühl zu werden und las in einem militairischen Werke, während Mrs. Watt mit ihren Dienerinnen beschäftigt war, die Wäsche des Hauses auszubessern.

An jenem Abende las der Capitain nicht, sondern

blickte mit über einander gekreuzten Armen in das Feuer und schien in tiefe Gedanken versunken zu sein.

Endlich erhob er den Kopf, wandte sich zu seiner Frau und sagte:

"Hörst Du die Kinder nicht schreien?"

"Ich weiß wirklich nicht, was ihnen heute fehlt," antwortete diese, "sie lassen sich gar nicht beruhigen. Betzy ist schon eine Stunde oben und kann sie noch nicht zum Schlafen bringen."

"Du solltest lieber selbst nachsehen, das würde ich wenigstens passender finden, als sie den Händen der Leute zu überlassen."

Mrs. Watt entfernte sich ohne zu antworten und bald hörte man ihre Stimme oben im Schlafzimmer der Kinder.

"Es ist Euch also unmöglich gewesen, Sergant," redete der Capitain den alten Soldaten an, der in einem Winkel des Zimmers saß und Pferdegeschirre ausbesserte, "den verwünschten Helden einzuholen, der mich heute so derb auf den Boden geworfen hat?"

"Wir haben ihn nicht einmal gesehen, Capitain," antwortete der Sergeant; "diese Indianer sind wie die Eidechsen, sie schlüpfen in jeden Ritz. Glücklicherweise habe ich Boston wiedergefunden, das arme Thier schien ganz glücklich zu sein, uns zu sehen."

"Ja, ja, Boston ist ein edles Thier, welches ich ungern eingebüßt hätte. Hoffentlich hat es der Helde nicht verletzt, denn die Satane pflegen in der Regel die Pferde sehr schlecht zu behandeln."

„So viel ich sehen konnte, ist ihm nichts widerfahren; der Indianer wird sich wahrscheinlich genöthigt gesehen haben, es schleunig im Stiche zu lassen, als er uns dicht hinter sich gehört hat."

„So wird es auch gewesen sein, Sergeant. Habt Ihr die Umgegend sorgfältig durchforscht?"

„Mit der allergrößten Sorgfalt, doch habe ich nichts Verdächtiges entdeckt. Die Rothhäute werden sichs zweimal bedenken, ehe sie uns angreifen; wir haben sie derb genug geschüttelt, damit sie es noch frisch in der Erinnerung haben."

„Der Meinung bin ich nicht, Sergeant, die Helden sind eben rachsüchtig. Ich bin überzeugt, daß sie auf Rache sinnen, und daß wir einst, ja, vielleicht schon bald ihr Kriegsgeschrei im Thale hören werden."

„Ich muß bekennen, daß ich es nicht wünsche, obwohl ich denke, daß sie einen angemessenen Empfang finden würden."

„Das denke ich auch, doch wäre es jetzt, wo wir im Begriffe sind, den Lohn für unsere Mühe und Anstrengung zu ernten, eine traurige Ueberraschung für uns."

„Das wäre es freilich, denn der Schaden, welchen uns jene Räuber zufügen könnten, ist nicht zu berechnen."

„Wir haben leider nichts thun können, als auf unserer Hut zu sein, denn es ist uns nicht möglich, die Absichten zu vereiteln, welche die rothen Teufel wahrscheinlich gegen uns hegen. Habt Ihr die Schildwachen, wie ich befohlen, ausgestellt Sergeant?"

"Ja, Capitain, und ich habe ihnen besonders eingeschärft sehr wachsam zu sein; ich glaube nicht, daß es den Pawnee's trotz ihrer Hinterlist gelingt, uns zu überfallen."

"Man kann für nichts stehen, Sergeant," antwortete der Capitain, indem er zweifelnd den Kopf schüttelte.

Im selben Augenblicke schien ihm der Zufall Recht geben zu wollen, denn die äußere Glocke, welche dazu diente, den Colonisten anzuzeigen, daß Jemand einzutreten wünsche, wurde heftig gezogen.

"Was soll das heißen?" rief der Capitain aus, indem er auf die Wanduhr blickte, welche ihm gegenüber hing, "es ist fast acht Uhr, wer kann so spät noch kommen? Sind nicht alle unsere Leute herein?"

"Alle, Capitain, Niemand ist draußen geblieben."

James Watt stand auf, griff nach seinem Rifle, winkte dem Sergeanten, ihm zu folgen und schickte sich an, hinauszugehen.

"Wo willst Du hin, mein Freund?" fragte eine sanfte, ängstliche Stimme.

Der Capitain drehte sich um, seine Frau war unbemerkt wieder eingetreten.

"Hast Du die Glocke nicht gehört?" sagte er. "Es begehrt Jemand Einlaß."

„Ja, ich habe sie gehört," antwortete sie, „ist es denn aber Deine Pflicht, so spät zu öffnen?"

„Mrs. Watt," antwortete der Capitain kalt, aber fest, „ich bin das Oberhaupt der Colonie und gerade jetzt muß ich öffnen, weil möglicher Weise Gefahr damit verbunden ist und ich in Hinsicht auf Muth und Pflichterfüllung mit gutem Beispiele vorangehen muß."

Jetzt ließ sich die Glocke von Neuem vernehmen.

„Fort," fügte der Capitain zu dem Sergeanten gewendet hinzu.

Die junge Frau antwortete nicht, sondern sank blaß und zitternd auf einen Stuhl.

Der Capitain war indessen mit Bothrel und vier Jägern, alle mit Rifles bewaffnet, hinausgegangen.

Die Nacht war finster, am tiefschwarzen Himmel blitzte kein Stern, es war unmöglich die Gegestände auf zwei Schritt Entfernung zu unterscheiden und ein kalter Wind wehte dumpf und stöhnend, Bothrel hatte eine Laterne vom Haken genommen, um sich in der Finsterniß zurecht finden zu können.

„Wie kommt es," sagte der Capitain, „daß die auf der Zugbrücke stehende Schildwache nicht Wer da! gerufen hat?"

„Vielleicht hat sie kein Aufsehen erregen wollen, da sie wußte, daß wir vom Thurme aus die Glocke hören mußten."

„Hm!" murmelte der Capitain vor sich hin.

Sie gingen weiter. Bald hörten sie mehre Stimmen, auf welche sie lauschten. Die Schildwache sprach.

„Nur Geduld," sagte sie, „jetzt kommt man schon, ich sehe eine Laterne schimmern, Ihr braucht nur noch wenige Augenblicke zu warten, und erinnere ich Euch in Eurem eignen Interesse daran, daß Ihr Euch nicht von der Stelle rühren dürft, wenn ich Euch nicht eine Kugel entgegenschicken soll.

„Teufel!" entgegnete eine spöttische Stimme, „Ihr habt da drinnen seltsame Begriffe von Gastfreundschaft. Gleichviel, ich werde warten, Ihr könnt Eueren Rifle wieder aufrichten, ich bin nicht gesonnen ganz allein Eure Niederlassung zu stürmen."

In dem Augenblicke kam der Capitain an die Einzäunung.

„Was giebt es, Bob?" fragte er den Posten.

„Ich weiß es eigentlich selbst nicht, Capitain," entgegnete dieser; „da drüben steht ein Mensch am Rande des Grabens, der mit aller Gewalt herein will."

„Wer seid Ihr, und was wollt Ihr?" rief der Capitain hinüber.

„Wer seid Ihr selbst?" antwortete der Unbekannte,

„Ich bin der Capitain James Watt, und ich erkläre Euch im Voraus, daß zu gegenwärtiger Zeit der Eintritt in die Colonie fremden Herumstreichern untersagt ist. Kommt bei Sonnenaufgang wieder, vielleicht gestatte ich Euch dann den Eintritt in meine Besitzung."

„Sehet Euch vor, was Ihr thut," antwortete der

Unbekannte." Eure Hartnäckigkeit, die mich zwingt so lange hier am Rande des Grabens zu stehen, könnte Euch theuer zu stehen kommen."

„Sehet Euch selbst vor," entgegnete der Capitain ungeduldig, ich bin nicht in der Stimmung Drohungen anzuhören."

„Ich drohe Euch nicht, sondern warne nur; Ihr habt heute bereits einen großen Fehler begangen, vermeidet einen noch größeren, indem Ihr mir den Eintritt hartnäckig verweigert."

Die Antwort erschien dem Capitain seltsam und er fing an zu überlegen.

„Aber," sagte er nach einer Weile, „wer steht mir dafür, daß Ihr mich nicht verrathen werdet, wenn ich darein willige, Euch einzulassen. Die Nacht ist finster und Ihr könnt ein zahlreiches Gefolge bei Euch haben, ohne daß ich es weiß."

„Ich habe nur einen einzigen Begleiter, für welchen ich mit meinem Kopfe einstehe."

„Hm!" brummte der Capitain, unschlüssiger als je, „wer steht mir denn für Euch?"

„Ich!"

„Wer seid Ihr denn, der Ihr unsere Sprache so geläufig redet, daß man Euch für einen Landsmann halten könnte?"

„Das bin ich auch gewissermaßen; ich bin ein Kanadier und heiße Ruhig."

„Ruhig," rief der Capitain aus, „seid Ihr etwa

der berühmte Waldläufer, welchen man den Tigertödter benannt hat?"

„Ich weiß nicht, ob ich berühmt bin, Capitain, bin aber allerdings derjenige, den Ihr genannt habt."

„Wenn Ihr wirklich Ruhig seid, will ich Euch einlassen; wer ist aber der Mann, der bei Euch ist und für den Ihr steht?"

„Es ist der Schwarze Hirsch, der erste Sachem der Schlangen-Pawnee's."

„Oho!" murmelte der Capitain, „was will er hier?"

„Ihr sollt es erfahren, wenn Ihr uns öffnen wollt."

„Wohlan, es sei!" sagte der Capitain, vergeßt aber nicht, daß ich bei dem geringsten Zeichen von Verrath sowohl Euch, als Euren Begleiter ohne Gnade umbringen lasse."

„Wenn ich mein Wort nicht halte, so seid Ihr dazu vollkommen berechtigt."

Nachdem der Capitain den Jägern befohlen hatte, sich auf alle Fälle bereit zu halten, ließ er die Zugbrücke hinunterziehen.

Ruhig und der Schwarze Hirsch traten ein.

Beide waren dem Anscheine nach unbewaffnet.

Der Capitain schämte sich seines Argwohnes, als er einen so großen Beweis von Vertrauen bemerkte, und nachdem die Zugbrücke wieder aufgezogen, entließ er seine Leute und behielt nur Bothrel bei sich.

„Folgt mir," sagte er zu den beiden Fremden.

Letztere verneigten sich stumm und schritten neben ihm her.

Sie erreichten den Thurm, ohne ein Wort gesprochen zu haben.

Der Capitain führte sie in das Zimmer, wo Mrs. Watt allein und ängstlich wartete.

Ihr Mann winkte ihr, sich zu entfernen; sie warf ihm einen flehenden Blick zu, welchen er verstand; denn er bestand nicht auf seinem Willen und sie blieb schweigend auf ihrem Platze sitzen.

Ruhig zeigte dieselbe offene Miene, die wir an ihm kennen und in seinem Wesen lag nichts, was feindliche Absichten auf die Colonisten hätte voraussetzen lassen.

Der Schwarze Hirsch hingegen war finster und in sich gekehrt.

Der Capitain bot seinen Gästen Sessel neben dem Feuer.

„Setzen Sie sich, meine Herren," sagte er zu ihnen, Ihr werdet das Bedürfniß empfinden, Euch zu wärmen. Kommet Ihr als Freund oder als Feind zu mir?"

„Die Frage ist leichter gethan, als beantwortet," sagte der Jäger gutmüthig. „Bis jetzt sind unsere Absichten gut, Ihr sollt selbst entscheiden, Capitain, wie wir uns trennen sollen."

„Ihr werdet auf alle Fälle einige Erfrischungen annehmen?"

„Für jetzt bitte ich, uns zu entschuldigen," sagte Ruhig, der Auftrag zu haben schien, für sich und seinen

Begleiter zu sprechen, ich glaube, daß es das Gerathenste ist, wenn wir gleich zu dem Geschäfte schreiten, das uns herführt."

„Gut!" sagte der Capitain, der sich innerlich über die abschlägige Antwort ärgerte, die ihm nichts Gutes zu verheißen schien; „redet, ich höre und an mir soll es nicht liegen, wenn wir zu keiner Verständigung kommen."

„Ich wünsche von Herzen, daß wir uns verständigen möchten, Capitain, und zwar um so mehr, als ich in keiner anderen Absicht hergekommen bin, als um den Folgen eines Mißverständnisses, oder doch einer Anwandlung von Heftigkeit zuvor zu kommen."

Der Capitain verneigte sich und der Canadier ergriff das Wort.

„Sie sind ein alter Militair, mein Herr," sagte er, „und die kürzeste Rede muß mit Euch die beste Rede sein; mein Anliegen ist also kurz folgendes: Die Schlangen-Pawnee's klagen Sie an, sich verrätherischer Weise ihres Dorfes bemächtigt und den größten Theil ihrer Freunde und Verwandten umgebracht zu haben, ist das wahr?"

„Es ist wahr, daß ich mich des Dorfes meinem Rechte gemäß bemächtigt habe, weil die Rothhäute sich weigerten, dasselbe zu räumen; ich leugne aber, daß es verrätherischer Weise geschehen, im Gegentheil haben sich die Pawnee's als Verräther gegen mich benommen."

„Ach!" rief der Schwarze Hirsch aus, indem er

haſtig aufſtand, „das Bleichgeſicht hat eine lügneriſche Zunge im Munde."

„Still," ſagte Ruhig, indem er ihn nöthigte, ſeinen Platz wieder einzunehmen, „laßt mich die Sache, welche ziemlich verwickelt zu ſein ſcheint, entwirren. Verzeihen Sie, mein Herr, wenn ich noch mehr in ſie bringe, die Sache iſt aber wichtig und die Wahrheit muß ergründet werden. Sind Sie bei Ihrer Ankunft von dem Häuptling des Stammes nicht freundſchaftlich aufgenommen worden?"

„Unſere erſten Beziehungen waren allerdings freundſchaftlicher Art."

„Wie kam es, daß ſie ſich in feindliche verwandelten?"

„Ich habe es Euch bereits geſagt: Weil man gegen das gegebene Verſprechen und trotz des geleiſteten Eides den Platz nicht räumen wollte."

„Wie den Platz räumen!"

„Jawohl, da man mir die Landſtrecke verkauft hatte, welche der Stamm inne hatte."

„Oho, Capitain, das verlangt eine nähere Erklärung."

„Die ich ſehr leicht geben kann und um zu beweiſen, welch ein gutes Recht ich beſitze, will ich Euch meinen Kaufbrief zeigen."

Der Jäger und der Häuptling wechſelten einen verwunderten Blick.

„Das begreife ich nicht," ſagte Ruhig.

„Warten Sie ein wenig," fuhr der Capitain fort, „ich werde das Dokument holen, und es Ihnen vorlegen."

Bei diesen Worten entfernte er sich.

„Ach mein Herr!" rief die junge Frau mit flehend gefalteten Händen aus, bemühen Sie sich doch, einen Streit zu verhüten."

„Das wird leider," antwortete der Jäger betrübt, „bei der Wendung, welche die Sache nimmt, kaum möglich sein."

„Hier, sehet selbst," sagte der Capitain eintretend, indem er ihm die Acte vorlegte.

Beide Männer brauchten nur einen Blick auf dieselbe zu werfen, um den Betrug zu entdecken.

„Das Dokument ist falsch," sagte Ruhig.

„Falsch! das ist unmöglich," rief der Capitain betroffen aus, „in dem Falle wäre ich auf das Schändlichste hintergangen worden."

„Das ist allerdings leider der Fall."

„Was ist da zu thun?" murmelte der Capitain fast willenlos.

Der Schwarze Hirsch erhob sich.

„Die Bleichgesichter mögen hören," sagte er würdevoll, „ein Sachem wird reden."

Der Canadier wollte etwas einwenden, der Häuptling gebot ihm aber mit einer Handbewegung Ruhe.

Mein Vater ist hintergangen worden; er ist ein gerechter Krieger und sein Haar ist grau. Der Wacondah hat ihm Weisheit verliehen; die Schlangen-Pawnee's sind auch gerecht; sie wollen in Frieden mit meinem Vater leben, denn er ist des angeschuldigten Verbrechens nicht schuldig und ein Anderer muß dafür verantwortlich gemacht werden."

Der Anfang jener Rede überraschte die Zuhörer des Häuptlings; besonders die junge Mutter fühlte bei diesen Worten ihre Besorgniß schwinden und ihr Herz erfüllte sich mit Freude.

„Die Schlangen-Pawnee's," fuhr der Sachem fort, „werden meinem Vater alle Gegenstände zurück erstatten, welche man ihm abgenommen hat; dafür wird er sich seinerseits verpflichten, das Jagdgebiet der Pawnee's zu verlassen und sich nebst den Bleichgesichtern, die mit ihm gekommen sind, entfernen. Die Pawnee's werden auf die Rache verzichten, welche sie wegen der Ermordung ihrer Brüder nehmen wollten und das Kriegsbeil soll zwischen den Pawnee's und den Bleichgesichtern des Westens vergraben werden. Ich habe gesprochen."

Auf jene Worte folgte eine Pause.

Die Anwesenden waren bestürzt. Die Bedingungen waren nicht annehmbar und der Krieg daher unvermeidlich.

„Was antwortet mein Vater?" fragte der Häuptling nach einer Weile.

„Häuptling," sagte der Capitain schmerzlich, „auf solche Bedingungen kann ich unmöglich eingehen; Alles, was ich thun kann, ist, den Preis zu verdoppeln, den ich anfangs geboten habe."

Der Häuptling zuckte verächtlich die Achseln.

„Der Schwarze Hirsch hat sich geirrt," sagte er mit verächtlichem Lächeln, „die Bleichgesichter haben in der That gespaltene Zungen."

Es war unmöglich, dem Sachem begreiflich zu machen, wie die Sache wirklich stand; mit jener blinden Hartnäckigkeit, die seinem Volke eigen ist, beharrte er auf seinem Satze und je mehr man bemüht war, ihm begreiflich zu machen, daß er Unrecht habe, um so fester war er überzeugt, daß er Recht habe.

Der Canadier und der Schwarze Hirsch entfernten sich zu einer vorgerückten Stunde der Nacht und der Capitain begleitete sie bis an den Wall.

Als sie die Niederlassung verlassen hatten, kehrte James Watt gedankenvoll nach dem Thurme zurück. Auf der Schwelle der Thür strauchelte er über einen ziemlich umfangreichen Gegenstand, er bückte sich, um zu sehen, was es sei.

„Aha!" rief er sich aufrichtend aus, „sie wollen also ernstlich den Krieg? Bei Gott! sie sollen mich kennen lernen."

Der Gegenstand, über welchen der Capitain gestrauchelt war, war ein mit einer Schlangenhaut umwundenes Bündel Pfeile; die beiden Enden der Schlangenhaut und die Spitzen der Pfeile waren mit Blut befleckt.

Der Schwarze Hirsch hatte jene Kriegserklärung beim Abschiede zurückgelassen.

Jede Hoffnung auf friedliche Ausgleichung war verloren, man mußte sich auf den Kampf vorbereiten.

Nachdem der erste Schrecken überwunden war, gewann der Capitain seine Fassung wieder und obwohl der Tag noch nicht graute, ließ er alle seine Colonisten wecken und vor dem Thurme versammeln, um sich mit ihnen zu berathen und auf ein Mittel zu sinnen, die Gefahr zu beschwören, welche den Colonisten drohte.

Neuntes Kapitel.

Die Schlangen-Pawnee's.

Wir wollen jetzt einige Punkte unserer Erzählung erläutern, welche dem Leser vielleicht dunkel geblieben sind.

Wie große Fehler die Rothhäute auch besitzen mögen, zeichnen sie sich doch durch eine fanatische Anhänglichkeit an ihre Geburtsstätte aus, welche durch nichts unterdrückt werden kann.

Affengesicht hatte keineswegs gelogen, als er dem Capitain sagte, daß er einer der obersten Häuptlinge des Stammes der Schlangen-Pawnee's sei, das war vollkommen wahr; doch hatte er sich wohl gehütet, zu sagen, aus welchem Grunde er von seinem Volke ausgestoßen worden war.

Der Augenblick ist jetzt gekommen, wo derselbe enthüllt werden muß.

Affengesicht war nicht allein ein grenzenlos ehrgeiziger Mensch, sondern, was bei den Indianern ein seltener Fall ist, er besaß keinen religiösen Glauben und war vollkommen frei von jenem Aberglauben und jener

Leichtgläubigkeit, welcher seine Landsleute nur zu sehr unterworfen sind. Ueberdieß besaß er weder Ehrgefühl noch Grundsätze und seine Sitten waren die verderbtesten.

Er hatte die Städte der amerikanischen Union schon in seiner Jugend kennen gelernt und dadurch Gelegenheit gefunden, die excentrischen Sitten der vereinigten Staaten zu beobachten. Da er nicht im Stande war, die Licht- und Schattenseiten der Civilisation von einander zu unterscheiden und die rechte Mittelstraße einzuschlagen hatte er sich, wie es in solchen Fällen zu gehen pflegt von seinen Begierden hinreißen lassen und von den Sitten der Weißen nur das angenommen, was dazu beitragen konnte, seine frühzeitige Verderbtheit zu vollenden.

Als er daher zu seinem Volke zurückkehrte, waren seine Reden und seine Sitten in so vollständigem Widerspruche mit seiner Umgebung, daß er bald nur Haß und Verachtung bei seinen Landsleuten fand.

Seine erbittertsten Feinde waren nothwendiger Weise die Priester, oder doch wenigstens die Zauberer, welche er häufig lächerlich zu machen versucht hatte.

Sobald sich Affengesicht den Haß der allmächtigen Partei der Priester zugezogen hatte, war es um seine ehrgeizigen Pläne geschehen. Alle seine Pläne scheiterten, denn dieselben fanden immer einen geheimen Widerstand, wenn er sich des Gelingens am sichersten glaubte.

Der Häuptling verhielt sich geraume Zeit, da er nicht wußte, an wen er sich halten solle, vorsichtiger Weise auf seiner Hut, und begnügte sich die Schritte seiner Feinde scharf zu beobachten, während er mit jener hinterlistigen Geduld, die ein Grundzug seines Charakters war, auf den Augenblick wartete, wo ihm der Zufall denjenigen entdecken würde, an dem er sich zu rächen habe. Da er seine Maßregeln mit Umsicht getroffen hatte, konnte es nicht fehlen, daß er endlich erfuhr, daß der oberste Zauberer des Stammes Derjenige sei, dem er alle seine Niederlagen zu danken habe.

Jener Zauberer war ein Greis, der wegen seiner Weisheit und Güte von Allen geliebt wurde; Affengesicht verbarg seinen Haß eine Zeit lang; eines Tages übermannte ihn nach einem ziemlich heftigen Wortwechsel der Zorn im versammelten Rathe, er stürzte auf den Unglücklichen zu und erdolchte den Greis unter den Augen sämmtlicher Aeltesten des Stammes, ehe einer der Anwesenden Zeit gefunden, ihn an der Ausführung seiner Absicht zu verhindern.

Der Mörder des Zauberes zog sich den allgemeinsten Haß dadurch zu; die Häuptlinge verjagten ihn stehenden Fußes aus dem Jagdgebiete des Volkes, versagten ihm das Wasser und das Feuer und drohten ihm mit den schwersten Strafen, wenn er es wage, sich je wieder vor ihnen blicken zu lassen.

Affengesicht, der zu schwach war, sich der Vollstreckung jenes Urtheiles zu widersetzen, entfernte sich grollend und unter furchtbaren Verwünschungen.

Wir haben bereits gesehen, wie er sich dadurch an seinem Stamme rächte, daß er das Gebiet derselben an die Amerikaner verkaufte und den Untergang derjenigen herbei führte, welche ihn verbannt hatten. Kaum hatte er aber die heißersehnte Rache erlangt, als in dem Herzen jenes Mannes eine seltsame Verwandlung vor sich ging. Der Anblick des Landes, wo er geboren war und wo die Asche seiner Väter ruhte, hatte die Vaterlandsliebe, welche er in sich erstorben wähnte, heftig wieder erweckt, denn dieselbe schlummerte nur in seinem Herzen.

Die Reue, welche er über die schmachvolle That empfand, die er begangen, indem er den Feinden seiner Race das Jagdgebiet einräumte, was er früher selbst in unbeschränkter Freiheit durchstreift hatte, sowie der Eifer mit welchem die Amerikaner bemüht waren das Ansehen der Gegend zu verändern, indem sie die hundertjährigen Stämme fällten, unter deren schattigem Dache sich der Rath seines Volkes so häufig versammelt hatte, alle diese Gründe trugen dazu bei, ihm zur Erkenntniß seiner selbst zu führen und in seiner Verzweiflung über die Entweihung, zu welcher ihn sein Haß getrieben hatte, suchte er sich seinen Landsleuten wieder zu nähern, um ihnen behülflich zu sein, ihr Eigenthum, was sie durch seine Schuld verloren, wieder zu erlangen..

Das heißt, er beschloß seine neuen Freunde zu Gunsten der früheren zu verrathen.

Unglücklicher Weise hatte der Mann eine Bahn betreten, auf welcher ihn jeder Schritt zu neuen Verbrechen führte.

Die Annäherung an seine Landsleute wurde ihm

leichter, als anfangs geglaubt hatte: Letztere irrten zerstreut und verzweifelnd in den Wäldern umher, welche an die Colonie grenzten.

Affengesicht trat keck vor sie hin, hütete sich aber wohl ihnen zu entdecken, daß er allein Schuld an ihrem Unglücke sei. Im Gegentheil rechnete er sich ihnen gegenüber seine Rückkehr als ein Verdienst an, indem er vorgab, daß die neuen Schicksalsschläge, welche sie so unverhofft betroffen hatten, die alleinige Ursache seiner Rückkehr seien. Wenn es ihnen fortwährend gut ergangen wäre, würden sie ihn nie wieder erblickt haben; aber einer so entsetzlichen Katastrophe gegenüber wie diejenige, welche sie erlitten, sei jeder Haß aus seinem Herzen verschwunden und er trachte nur noch danach, sich der gemeinschaftlichen Rache anzuschließen, welche sie an den Bleichgesichtern jenen ewigen und unbarmherzigen Feiden der rothen Menschen nehmen müßten.

Kurz, er verstand so viel erhabene Gesinnungen an den Tag zu legen und den Schritt, welchen er jetzt wagte in ein so glänzendes Licht zu stellen, daß es ihm gelang, die Indianer vollständig zu täuschen und sie von seiner Aufrichtigkeit und Ehrlichkeit zu überzeugen.

Nun spann er mit teuflischer Arglist eine weitverzweigte Verschwörung gegen die Amerikaner, in welche er auch andere mit seinem Volke verbündete indianische Stämme zu verwickeln verstand und während er dem Anscheine nach der Freund der Colonisten blieb, bereitete er im Stillen den gänzlichen Untergang derselben vor.

Der Einfluß, welchen er in kurzer Zeit bei seinem Volke gewonnen hatte, war ungeheuer; nur drei Männer konnten sich eines unwillkürlichen Mißtrauens gegen ihn nicht erwehren und beobachteten genau alle seine Schritte. Jene drei Männer waren Ruhig, der canadische Jäger, der Schwarze Hirsch und der Blaue Fuchs.

Ruhig konnte das Benehmen des Häuptlings nicht begreifen und wunderte sich über seine plötzliche Freundschaft für die Amerikaner. Er hatte ihn wiederholt darüber befragt, doch antwortete ihm Affengesicht immer nur ausweichend oder gab gar keine Antwort auf seine Fragen.

Der Argwohn Ruhig's stieg von Tag zu Tag und da ihm daran lag, genau zu wissen, was er von jenem Manne zu halten habe, dessen Benehmen ihm immer verdächtiger wurde, setzte er es in dem großen Rathe des Volkes durch, daß er nebst dem Schwarzen Hirsche dazu auserlesen wurde, dem Capitain Watt die Kriegserklärung zu überbringen.

Die Wahl der Boten war Affengesicht nicht angenehm, denn er war sich bewußt, daß sie Beide seine heimlichen Feinde seien, doch verheimlichte er seine Unzufriedenheit, weil die Sache zu weit gediehen war, um rückgängig gemacht werden zu können, und alle Vorbereitungen zum Feldzuge getroffen waren.

Ruhig und der Schwarze Hirsch entfernten sich daher mit dem Auftrage, den Bleichgesichtern den Krieg zu erklären.

„Ich müßte mich sehr irren," sagte der Canadier unterwegs zu seinem Freunde, „wenn wir nicht etwas Neues über Affengesicht hören sollten."

„Meint Ihr das?"

„Ich möchte darauf wetten. Ich bin überzeugt, daß der Schlingel zweierlei Spiel spielt, und uns sämmtlich in seinem eigenen Interesse hintergeht."

„Ich habe kein großes Vertrauen zu ihm, doch kann ich fast nicht glauben, daß er die Frechheit so weit treiben sollte."

„Wir werden bald hören, was wir darüber zu denken haben. Versprecht mir auf alle Fälle Eines."

„Was?"

„Laßt mich allein reden. Ich verstehe besser, wie Ihr, mit den Bleichgesichtern des Westens zu verkehren."

„Es sei," antwortete der Schwarze Hirsch, „Ihr sollt Euren Willen haben."

Fünf Minuten später hatten sie die Colonie erreicht. Wir haben bereits im vorhergehenden Kapitel berichtet, auf welche Weise sie aufgenommen wurden, und was zwischen ihnen und dem Capitain Watt verhandelt wurde.

Die Art der Kriegserklärung der Indianer, die man in Europa allgemein für rohe Wilde hält, wird Manchem seltsam erscheinen. Man darf sich aber dadurch nicht irren lassen. Die Rothhäute besitzen einen ritterlichen Sinn und außer, wenn es sich um eine Razzia handelt, d. h. den Raub von Pferden oder anderen Heerden, werden sie einen Feind nie angreifen, ohne ihn vorher gewarnt zu haben, damit er auf seiner Hut sei.

Jenem ritterlichen Sinne, der den Nordamerikanern, wie wir zu ihrer ewigen Schmach bekennen müssen, vollständig abgeht, den sie aber geschickt zu benutzen gewußt, sind die meisten Siege zuzuschreiben, welche die Weißen über die Rothhäute davon getragen haben.

Die beiden Männer fanden in geringer Entfernung von der Colonie ihre Pferde wieder, welche sie ausgepflöckt hatten. Sie schwangen sich in den Sattel und sprengten rasch davon.

„Nun?" fragte Ruhig den Häuptling, „was sagt Ihr zu alle dem?"

„Mein Bruder hatte Recht. Affengesicht hat nicht aufgehört, uns zu verrathen. Offenbar ist er der alleinige Verfertiger jenes Dokumentes."

„Was denkt Ihr zu thun?"

„Ich weiß es noch nicht; vielleicht würde es gefährlich sein, ihn jetzt gleich zu entlarven."

„Der Ansicht bin ich nicht, Häuptling. Die Gegenwart jenes Verräthers in unserer Mitte kann unserer Sache nur schaden."

„Sehen wir erst, wie er sich benimmt."

„Es sei! Erlaubt mir aber eine Bemerkung."

„Ich höre auf meinen Bruder."

„Wie kommt es, daß Ihr, trotzdem Ihr erkanntet, daß der Kaufbrief gefälscht sei, hartnäckig darauf bestanden habt, dem langen Messer des Westens den Krieg zu erklären, da es doch klar am Tage liegt, daß er durch Affengesicht getäuscht worden?"

Der Häuptling lächelte schlau.

„Das Bleichgesicht ist nur getäuscht worden, weil es getäuscht sein wollte."

„Ich verstehe Euch nicht, Häuptling."

„Ich will mich deutlicher erklären. Ist meinem Bruder bekannt, wie man bei dem Verkauf eines Grundstückes verfährt?"

„Nein, wahrlich nicht! Da ich weder Land zu kaufen, noch zu verkaufen gehabt, muß ich bekennen, daß ich mich nicht darum gekümmert habe."

„Uah! so will ich es meinem Bruder sagen."

„Das soll mich freuen, denn ich lasse mich gern belehren, man kann es gewöhnlich früher oder später brauchen." versetzte der Canadier lachend.

„Wenn ein Bleichgesicht das Jagdgebiet eines Stammes kaufen will, so sucht er die vornehmsten Sachem des Volkes auf und nachdem im versammelten Rathe das Friedens-Calumet geraucht worden, trägt er sein Anliegen vor, worauf die Bedingungen erörtert werden. Haben sich beide Theile geeinigt, so entwirft der obere Zauberer des Volkes einen Plan des Gebietes, das Bleichgesicht liefert die bedungenen Waaren, sämmtliche Häuptlinge zeichnen ihre Hieroglyphe unter den Plan, die Bäume werden mit dem Tomahawk bezeichnet, die Grenzen bestimmt und der Käufer tritt seinen Besitz sofort an."

"Hm!" sagte Ruhig, "das ist ja sehr einfach."

"In welchem Rathe hat der grauköpfige Häuptling das Calumet geraucht? Wo sind die Sachem, mit welchen er sich berathen? Er soll mir die Bäume zeigen, welche bezeichnet wurden."

"Das würde allerdings schwer halten, wie ich glaube," bemerkte der Jäger.

"Der Graukopf," fuhr der Häuptling fort, "wußte, daß ihn Affengesicht täusche, das Land gefiel ihm aber und er rechnete auf die Gewalt der Waffen, um sich in demselben zu behaupten. Von der Wahrheit überführt, hat er zu spät eingesehen, daß er unbesonnen gehandelt habe und hat gemeint, alle Schwierigkeiten zu beseitigen, indem er uns etliche Ballen Waare mehr anbot, denn wann hätten die Bleichgesichter eine offene ehrliche Sprache geführt?"

"Sehr verbunden," entgegnete der Jäger lachend.

"Ich spreche nicht von dem Volke meines Bruders, über welche ich nie Ursache gehabt, mich zu beschweren, sondern nur von den großen Messern des Westens. Ist mein Bruder immer noch der Ansicht, daß ich Unrecht gethan habe, indem ich die blutigen Pfeile hinwarf?"

"Vielleicht habt Ihr bei der Gelegenheit etwas vorschnell gehandelt, Häuptling und Euch vom Zorne hinreißen lassen, doch muß man bekennen, daß Ihr Ursache genug habt die Amerikaner zu hassen und ich wage nicht, Euch zu tadeln."

„Kann ich also auf den Beistand meines Bruders zählen?"

„Warum sollte ich Euch denselben vorenthalten, Häuptling? Eure Sache ist nach wie vor gerecht, es ist meine Pflicht Euch zu helfen und ich werde es jedenfalls thun."

„Uah, ich danke meinem Bruder; sein Rifle wird uns nützlich sein."

„Jetzt sind wir angekommen, es ist daher nöthig, uns wegen Affengesicht zu entscheiden."

„Ich bin es," antwortete der Häuptling lakonisch.

Sie betraten in dem Augenblicke eine geräumige Lichtung, in deren Mitte mehrere Feuer brannten.

Fünfhundert kriegerisch bewaffnete und bemalte Indianer lagen hie und da auf dem Rasen, während ihre vollständig aufgezäumten Pferde ausgepflöckt umherstanden und ihre Ration Erbsenranken verzehrten.

Rings um das größte Feuer hatten sich mehrere Häuptlinge gelagert und rauchten schweigend.

Die Neuangekommenen stiegen vom Pferde und eilten auf jenes Feuer zu, vor welchem Affengesicht in großer Aufregung auf und abschritt.

Die beiden Männer ließen sich neben den übrigen Häuptlingen nieder und zündeten ihr Calumet an. Obwohl Jedermann ihre Ankunft mit Ungeduld erwartete, richtete doch Niemand eine Frage an sie, indem die indianische Etiquette jedem Häuptling verbietet, zu reden, ehe er sein Calumet ausgeraucht hat.

Als der Schwarze Hirsch seine Pfeife ausgeraucht, und die Asche ausgeschüttet hatte, steckte er sie wieder in den Gürtel und ergriff das Wort.

„Der Befehl der Sachem ist erfüllt," sagte er, „und die blutigen Pfeile den Bleichgesichtern übergeben worden."

Die Häuptlinge verneigten sich bei diesen Worten zum Zeichen der Zufriedenheit.

Affengesicht trat näher.

„Mein Bruder, der Schwarze Hirsch, hat den Graukopf gesehen?" sagte er.

„Ja," antwortete der Häuptling trocken.

„Was denkt mein Bruder?" fragte Affengesicht dringender.

Der Schwarze Hirsch warf ihm einen zweideutigen Blick zu.

„Was liegt jetzt daran, welche Gedanken der Häuptling hat," antwortete er, „da der Rath der Sachem den Krieg beschlossen hat."

„Die Nächte sind lang," bemerkte hier der Blaue Fuchs, „wollen meine Brüder hier sitzen bleiben und rauchen?"

Ruhig ergriff das Wort.

„Die großen Messer sind auf ihrer Hut, sie wachen gegenwärtig. Meine Brüder können auf's Pferd steigen und sich entfernen, der Augenblick ist nicht günstig."

Die Häuptlinge nickten bejahend.

„Ich werde auf Entdeckung ausgehen," sagte Affengesicht.

„Gut," antwortete der Schwarze Hirsch mit grimmigem Lächeln, „mein Bruder ist geschickt, er sieht Vieles und wird uns Nachricht geben."

Affengesicht schickte sich an, auf ein Pferd zu steigen, welches ihm ein Krieger vorführte, als der Schwarze Hirsch, plötzlich aufsprang auf ihn zustürzte und ihm die Hand so kräftig auf die Achsel stemmte, daß er auf seine Knie fiel.

Die Krieger, welche über einen so plötzlichen Angriff, dessen Grund sie nicht wußten, verwundert waren, blickten einander erstaunt an, ohne aber im Geringsten zu versuchen sich zwischen die beiden Häuptlinge zu werfen.

Affengesicht erhob plötzlich den Kopf.

„Hat der böse Geist den Verstand meines Bruders getrübt?" fragte er, indem er bemüht war sich der eisernen Faust zu entwinden, die ihn zu Boden drückte.

Der Schwarze Hirsch lächelte finster, zog sein Scalpirmesser aus dem Gürtel und sagte:

„Affengesicht ist ein Verräther, er hat seine Brüder an die Bleichgesichter verkauft, er soll sterben."

Der Schwarze Hirsch war nicht nur ein berühmter Krieger, sondern genoß wegen seiner Weisheit und Rechtschaffenheit eines wohlverdienten Rufes bei seinem Stamme. Niemand wagte an der von ihm erhobenen Anklage zu zweifeln und zwar um so weniger, als

Affengesicht zu seinem Unglücke unter seinem Volke schon lange nur zu gut bekannt war.

Der Schwarze Hirsch schwang sein Messer, dessen bläuliche Klinge beim Scheine des Feuers unheimlich blitzte, doch gelang es Affengesicht mit verzweifelter Anstrengung sich frei zu machen und mit weiten Sätzen verschwand er unter schallendem Gelächter hinter den Bäumen des Waldes.

Zehntes Kapitel.

Die Schlacht.

Der Capitain Watt hatte unterdessen, wie wir bereits früher erwähnt, sämmtliche Colonisten vor dem Thurme versammelt.

Die Zahl der Waffenfähigen betrug zweiundsechszig, die Frauen mit eingerechnet.

Die europäischen Damen werden sich wundern, daß wir die Frauen zu den Waffenfähigen rechnen; in der That ist in der alten Welt die Zeit der Marphisen und Brabamanten glücklicher Weise für immer vorüber, und, Dank den Fortschritten der Civilisation ist das schöne Geschlecht nicht mehr gezwungen mit den Männern um die Wette zu kämpfen.

In Nordamerika war dem, zu der Zeit wo unsere Erzählung spielt, und selbst jetzt, nicht so, namentlich in den neuen Ansiedelungen und den Prairien. Häufig sehen sich die Frauen gezwungen, wenn das Kriegsgeschrei der Indianer ertönt, die Arbeiten ihres Geschlechtes weg zu werfen, um so gut wie die Männer nach dem

Rifle zu greifen, und entschlossen zur Vertheidigung der Gemeinde beizutragen.

Wir könnten nöthigenfalls mehre jener sanftäugigen Heldinnen namhaft machen, die troß ihrer engelhaften Miene, wie wahre Teufel gegen die Indianer gefochten haben.

Mistreß Watt war keine Heldin, im Gegentheile; sie war aber die Tochter und die Frau eines Soldaten, war an der indianischen Grenze geboren und aufgewachsen, der Geruch des Pulvers und der Anblick des Blutes war ihr nicht neu, und überdies war sie Mutter.

Ihr Beispiel spornte die übrigen Frauen der Colonie an, und Alle bewaffneten sich, und waren entschlossen neben ihren Männern und Vätern zu kämpfen.

Der Capitain sah also zweiundsechszig waffenfähige Männer und Frauen um sich versammelt.

Er suchte seine Frau zu überreden, sich nicht an dem Kampfe zu betheiligen, aber das sanfte Geschöpf, welches er bisher so nachgiebig und gehorsam gesehen hatte, weigerte sich entschieden, seinem Wunsche nachzukommen und der Capitain sah sich genöthigt, sie gewähren zu lassen.

Er ergriff jetzt die zur Vertheidigung erforderlichen Maßregeln. Fünfundzwanzig Mann wurden unter dem Befehle Bothrel's hinter die Einzäunung gestellt. Der Capitain übernahm das Commando über eine zweite Truppe von vierundzwanzig Mann, welche bestimmt war überall einzutreten, wo es nothwendig war. Die Frauen blieben unter der Leitung der Mrs. Watt als

Vertheidigung des Thurmes, in welcher man die Kinder gebracht hatte, zurück, und nun sah man der Ankunft der Indianer entgegen.

Es war ohngefähr ein Uhr früh, als der canadische Jäger und der Pawnee=Häuptling die Colonie verließen. Ohngefähr halb drei Uhr war man mit den Vorkehrungen zur Vertheidigung fertig.

Der Capitain machte eine letzte Runde um die Einzäunung, um sich zu überzeugen, daß Alles in Ordnung war. Nachdem er dann Befehl gegeben, daß sämmtliche Feuer ausgelöscht werden sollten, verließ er die Colonie heimlich durch eine in der Einzäunung angebrachte Thür, welche nur ihm und dem Sergeanten Bothrel bekannt war.

Ein Bret wurde über den Graben geworfen und der Capitain ging in Begleitung Bothrel's und eines Kentuckyers, Namens Bob, der ein entschlossener, kräftiger Bursche war und welchen wir bereits früher erwähnt haben, hinaus.

Man verbarg das Bret sorgfältig, um sich desselben bei der Rückkehr wieder bedienen zu können, worauf die drei Männer wie drei Schatten im Dunkel fortschlichen.

Als sie sich etliche hundert Meter von der Colonie entfernt hatten, blieb der Capitain stehen.

„Meine Herren," redete er sie mit so leiser Stimme an, daß sie dicht zu ihm treten mußten, um ihn zu verstehen, „ich habe Sie gewählt, weil das Unternehmen, welches ich vorhabe, gefährlich ist und ich entschlossener Männer bedarf."

„Um was handelt es sich?" fragte Bothrel.

„Die Nacht ist so finster, daß jene Satane, wenn sie es wollen, herbeikommen können, ohne daß wir es bemerken; ich habe daher beschlossen die hie und da aufgehäuften Baumstämme und die Reisigstöße anzuzünden. Man muß mitunter ein Opfer zu bringen wissen und jene Holzstöße werden lange genug brennen und hinreichende Helligkeit verbreiten, um uns zu gestatten unsere Feinde auf eine bedeutende Entfernung erkennen und sicher auf sie zielen zu können."

„Der Einfall ist vortrefflich," antwortete Bothrel.

„Ja," fuhr der Capitain fort, „doch dürfen wir uns nicht verhehlen, daß die Ausführung desselben sehr gefährlich ist. Offenbar streifen bereits einzelne indianische Kundschafter in der Ebene umher, vielleicht sogar in unserer unmittelbaren Nähe, und sobald zwei bis drei Feuer brennen werden, sind sie nicht nur für uns, sondern wir auch für sie sichtbar. Ein jeder von uns wird sich mit allem Nothwendigen versehen, und wir werden versuchen, die Arglist jener Satane durch die Schnelligkeit unserer Bewegungen zu nichte zu machen. Vergeßt nicht, daß wir getrennt handeln müssen, denn jeder von uns hat vier bis fünf Feuer anzuzünden und Keiner darf auf den Beistand des Anderen rechnen."

Die Colonisten erschraken anfangs, als sie die großen Holzstöße in der Prairie aufflammen sahen, doch wurden sie durch die baldige Rückkehr des Capitains beruhigt und wünschten sich Glück zu dem glücklichen

Einfall, welcher ihnen gestattete mit vollkommener Sicherheit zu zielen.

Die Pawnee's hatten indessen ihren Angriffsplan nicht aufgegeben; aller Wahrscheinlichkeit nach hatten sie sich nur zurückgezogen, um sich mit einander zu berathen.

Der Capitain lehnte an dem Stackete und durchforschte die öde Ebene aufmerksam, als ihm plötzlich schien, als ob er in einem ziemlich ausgedehnten indianischen Kornfelde eine ungewöhnliche Bewegung bemerke. Das Feld lag ungefähr zwei Büchsenschüsse von der Colonie entfernt.

„Achtung!" rief er aus, „der Feind naht."

Jedermann hielt seine Waffe schußfertig.

Plötzlich ließ sich ein großes Geräusch vernehmen und der entfernteste Holzstoß stürzte prasselnd und tausend Funken um sich verbreitend, zusammen.

„Darunter steckt bei Gott irgend eine indianische Teufelei," rief der Capitain aus, „der große Holzstoß kann unmöglich schon verkohlt sein."

Im selben Augenblicke krachte ein zweiter Holzstoß zusammen, hierauf ein dritter und vierter.

Man konnte sich über die Ursache jener auf einander folgenden Einstürze nicht verblenden. Die Indianer, welche sich durch die großartigen Leuchtfeuer in ihren Bewegungen gehindert sahen, hatten das sehr einfache Mittel ergriffen, sie auszulöschen, was sie um so sicherer konnten, als sie sich außerhalb der Schußweite ihrer Feinde befanden.

Kaum lag das Holz am Boden, so wurden die einzelnen Stücke auseinander geworfen und leicht gelöscht.

Dadurch wurde es den Indianern möglich, unbemerkt die Einzäunung heranzuschleichen.

Bis waren sämmtliche Holzstöße niedergerissen, die Uebrigen waren nämlich den Indianern nicht erreichbar, weil sie durch die Flinten der Colonisten geschützt werden konnten.

Trotzdem versuchten die Pawnee's auch diese auszulöschen.

Da begann aber das Feuer und die Kugeln flogen zahlreich und wohlgezielt auf die Angreifer herab, welche sich, nachdem sie eine Zeit lang Stand gehalten, gezwungen sahen zu flüchten, denn die Eile, mit welcher sie sich entfernten, konnte nicht mit dem Worte Rückzug bezeichnet werden.

Die Amerikaner verlachten und höhnten die Flüchtigen.

„Ich glaube," bemerkte Bothrel selbstzufrieden, daß die wackern Leute die Mahlzeit etwas zu heiß finden und bereuen, sie angerührt zu haben."

„Sie scheinen in der That nicht geneigt zu sein, ihr Heil jetzt noch einmal zu versuchen."

Darin irrte sich aber der Capitain. Im selben Augenblicke kehrten die Indianer mit verhängtem Zügel zurück.

Nichts hielt sie auf und trotz des Gewehrfeuers, was sie zu erwiedern verschmähten, drangen sie bis an den Rand des Grabens vor.

Dort angelangt kehrten sie freilich um und jagten ebenso rasch von dannen, als sie gekommen waren, doch nicht ohne Viele ihrer Gefährten auf dem Wege zurückzulassen, wo sie die amerikanischen Kugeln ereilt hatten.

Indessen war der Plan der Pawnee's dennoch gelungen und die Weißen sollten bald inne werden, daß sie über ihren leichten Sieg zu früh gejubelt hatten.

Jeder indianische Reiter hatte einen zweiten Krieger hinter sich auf dem Pferde, welcher, sobald sie den Graben erreicht hatten, vom Pferde gesprungen war und unter dem Schutze des Dampfes und der Verwirrung des Kampfes hinter am Boden liegende Baumstämme oder zufällige Unebenheiten des Terrains geschlichen war und sich so gut verborgen hatte, daß die Amerikaner, als sie sich über die Einzäunung bogen, um sich von dem Resultate ihres Feuers zu überzeugen, mit Kugeln und Pfeilen so unerwartet begrüßt wurden, daß funfzehn der Colonisten zu Boden gestreckt wurden.

Es entstand bei diesem unvermutheten Angriffe eines unsichtbaren Feindes ein Augenblick sinnlosen Entsetzens.

Der Verlust von funfzehn Mann auf einen Schlag war für die Colonisten sehr empfindlich; der Kampf nahm eine ernste Wendung, die eine Niederlage nicht unmöglich erscheinen ließ, denn die Indianer hatten noch bei keinem Angriffe so viel Energie und Erbitterung an den Tag gelegt.

Hier galt kein Zaudern; der verwegene Feind

mußte um jeden Preis aus der Stellung vertrieben werden, die er so unerschrocken eingenommen hatte.

Der Capitain entschloß sich dazu.

Er versammelte zwanzig entschlossene Männer um sich und während die Uebrigen hinter der Einzäunung auf der Lauer lagen, ließ er die Zugbrücke senken und eilte entschlossen hinaus.

Jetzt begegneten sich die Feinde mit der blanken Waffe und es kam zum Handgemenge.

Der Kampf wüthete voll Erbitterung. Die Rothhäute und die Weißen hielten sich wie Schlangen umschlungen und suchten sich von Haß und Wuth verblendet zu erdolchen.

Plötzlich erhellte ein blendender Schein das blutige Schauspiel und von der Colonie her erhob sich ein Schrei des Entsetzens.

Der Capitain drehte sich rasch um und stieß bei dem entsetzlichen Schauspiele, welches sich seinen bestürzten Blicken bot, einen Schrei der Verzweiflung aus.

Der Thurm und die übrigen Hauptgebäude standen in Flammen. Bei dem Scheine des Brandes konnte man die Indianer wie Teufel auf die Vertheidiger der Colonie eindringen sehen, welche hie und da umherstanden und einen jetzt unmöglichen Widerstand zu leisten versuchten.

Die Erklärung des Geschehenen lassen wir hier folgen.

Während der Schwarze Hirsch, der Blaue Fuchs

und die übrigen vornehmsten Häuptlinge des Stammes die Colonie von vorn angriffen, war Ruhig in Begleitung Duoniam's mit fünfzig bewährten Kriegern in Piroguen von Bisamfell gestiegen, hatte sich den Strom geräuschlos hinunter tragen lassen und war an der Colonie selbst gelandet, ohne daß man ihn bemerkte und zwar aus dem einfachen Grunde, weil die Amerikaner von der Wasserseite durchaus keine Gefahr fürchteten.

Wir müssen indessen dem Capitain die Gerechtigkeit widerfahren lassen, zu bemerken, daß er keineswegs versäumt hatte, auch jenen Punkt zu schützen; es waren Schildwachen daselbst aufgestellt worden, unglücklicher Weise hatten dieselben aber während der Verwirrung, die nach dem letzten Feuer der Indianer eintrat, ihren Posten in der Voraussetzung verlassen, daß von jener Seite nichts zu fürchten wäre, um dahin zu eilen, wo ihrer Meinung nach die Gefahr am größten war, und ihren Kameraden geholfen, die Indianer zurück zu schlagen.

Dieses unverzeihliche Versehen führte das Verderben der Besatzung der Colonie herbei.

Ruhig konnte seine Truppe landen lassen, ohne die Gewalt der Waffen zu brauchen.

Sobald die Pawnee's in das Innere der Colonie gelangt waren, warfen sie Brandfackeln auf die hölzernen Gebäude und stürmten unter betäubendem Kriegsgeschrei auf die Amerikaner ein, die sich plötzlich im Rücken angegriffen und zwischen zwei Feuer gestellt sahen.

Ruhig, Quoniam und einige Krieger, die sich getreulich zu ihnen gehalten hatten, eilten auf den Thurm zu.

Obwohl Mrs. Watt überrascht war, schickte sie sich doch an, den ihr anvertrauten Posten wacker zu vertheidigen.

Der Canadier trat mit erhobenen Händen zum Zeichen des Friedens zu ihr.

„Ergeben Sie sich um Gottes Willen," rief er ihr entgegen, „sonst sind Sie verloren, denn die Colonie ist erobert."

„Nein," antwortete sie entschlossen, „ich ergebe mich keinem Verräther, der seine Brüder verläßt, um den Heiden zu dienen,"

„Sie thun mir Unrecht," entgegnete der Jäger betrübt, „ich komme, Sie zu retten."

„Ich mag durch Sie nicht gerettet werden."

„Unglückliche, wenn nicht um Ihrer selbst, so doch um Ihrer Kinder Willen; sehen Sie denn nicht, daß das Feuer bereits den Thurm ergriffen hat?"

Die junge Frau blickte auf, stieß einen Schrei des Entsetzens aus und eilte in das Innere des Hauses.

Die übrigen Frauen verließen sich auf das Wort des Jägers und zögerten nicht, ihm ihre Waffen auszuliefern.

Ruhig übergab die armen Frauen dem Schutze Quoniam's und eilte rasch davon, in der Absicht, dem Blutvergießen ein Ende zu machen, denn der Kampf fuhr fort, an allen Punkten der Colonie zu wüthen.

Quoniam trat in den Thurm, wo er Mrs. Watt mit ihren Kindern, welche sie mit unglaublicher Kraft umfaßt hielt, vom Rauche halb erstickt fand.

Der wackere Neger lud die junge Frau auf seinen Rücken, trug sie hinaus, versammelte die übrigen Frauen und Kinder um sich und brachte sie an die Ufer des Missouri, wo sie außerhalb des Bereiches des Feuers bleiben konnten und nicht zu fürchten hatten, nach beendetem Kampfe den erhitzten Siegern in die Hände zu fallen.

Der Kampf hatte jetzt aufgehört, sich in gewissen Grenzen zu bewegen und war in eine wahre Schlächterei ausgeartet, welche durch die ausgesuchte Grausamkeit der Indianer, die mit unbeschreiblicher Erbitterung über ihre unglücklichen Feinde herfielen, noch entsetzlicher erschien.

Der Capitain, Bothrel, Bob und zwanzig Amerikaner, welche die einzigen überlebenden Colonisten waren, hatten sich im Mittelpunkte der Esplanade versammelt und vertheidigten sich mit der Wuth der Verzweiflung gegen eine Schaar von Indianern, denn sie waren fest entschlossen, lieber zu sterben, als lebend in die Hände ihrer grausamen Feinde zu fallen.

Es gelang Ruhig indessen nach vielen dringenden Ermahnungen und unzähligen bestandenen Gefahren sie zubewegen, die Waffen zu strecken und dem Blutvergießen ein Ende zu machen.

Plötzlich erhob sich von der Flußseite Geschrei, Geschluchz und flehende Bitten.

Der Jäger eilte von einer bangen Ahnung getrieben, dahin.

Der Schwarze Hirsch und seine Krieger begleiteten ihn; als sie die Stelle erreichten, an welche Quoniam sämmtliche Frauen geführt hatte, bot sich ihren Blicken ein entsetzliches Schauspiel.

Mrs. Watt lag nebst drei anderen Frauen in einer Blutlache schwimmend regungslos am Boden, Quoniam der zwei Wunden, eine am Kopf und eine in der Brust hatte, lag neben ihnen ausgestreckt.

Es war unmöglich von den übrigen Frauen zu erfahren was sich zugetragen, denn sie waren vor Schrecken halb sinnlos.

Die Kinder des Capitains waren verschwunden!

. . . .
. . . .

Ende des ersten Bandes.

Schnellpressendruck von Ernst Stürke (C. Schumann) in Schneeberg.